DRIFTWOOD

漂流木

旅英野生藝術家
優席夫的流浪傳奇

推薦序
來自各界感動的聲音

「飛出去，其實是為了回家！」

記得第一次見到優席夫，是經由胡德夫的介紹。當時對優席夫留下的印象是——當一個台灣原住民的孩子，能夠走到更遠的地方時，他不僅是為自己，同時也為自己的家鄉部落打開了新的視野！

優席夫無論在歌唱、繪畫或自我表達方面，都擁有濃厚的天分與強烈的表現欲，這也是我期許花東的原住民孩子能夠學習、與之看齊的。當他經歷一番在國外辛苦地浸泡、飄蕩，再回到台灣，以至於後來應我邀請參加公益平台在花東舉辦的青少年藝術創作營。當他帶著家鄉弟妹學習繪畫時，孩子們一幅幅充滿部落元素的圖景呈現在他眼前，其實也讓他與這塊孕育他生命的土地，及自己的部落文化重新連結。

人生中總會遇到挫折，但更重要的是如何從低谷中再爬上來。看到始終積極不放棄、勇敢表現自己的優席夫，因畫作裡充滿著原住民奔騰的血液因子，而受到外國朋友的青睞，進而重返台灣揮灑更大的生命向度時，這樣的過程說明了，當你回頭重新擁抱那個讓你原先想要逃開的心結時，你也讓自己得到了救贖，進而獲得更多的支持與擁抱。衷心祝福！

嚴長壽 / 公益平台文化基金會董事長

優席夫幫我挑了三幅畫作，讓我懸掛在辦公室裡面，他説這些畫作代表的精神是「力量與溝通」。奔放的色彩、充滿想像力卻又不失真，就是優席夫真誠又充滿力量的性格，他跟他的畫作都展現一種用藝術來傳承文化的使命感和熱情。

即便他會用漂流木來形容自己的人生體驗，他的作品也告訴我們，他靈感的泉源始終來自於土地、家鄉和部落。也因為土地的根夠紮實，他漂流的旅程，還是脱離不了家鄉和部落的連結。

感謝他，用藝術傳承台灣土地和文化的力量；也謝謝他，用色彩為台灣多元族群創造另一種對話和溝通。

蕭美琴 / 立法委員

仍記得那天看到優席夫畫作的悸動！
" 大膽的用色、狂放的佈局、野獸的力量。"

真正認識優席夫，還是在 2012 年的 TEDxTaipei 之後。優席夫是一個
多才多藝的好朋友，他永遠會讓您好奇他的下一步將如何重新定義自
己。

我不只一次提醒他，不可有受害者心態，更不要對自己要求太多，他不
欠任何人、任何事、人也不欠他任何事，只要時間對了，許多事自然都
會發生。最重要的是，他自己有沒有做最忠實的自己，而不是他的族人
或周遭朋友所期待的那一個人。

只有自己先照顧好自己，讓自己獨立自主，才能思考自己能做些什麼是
其他部落族人不能做的事。千萬不要做大家都可以做的事。
優席夫，我們對您沒有期望，有的是您能繼續做真實的自己、快樂的自
己。

朱平 / 漣漪人文化基金會創辦人

畫家優席夫，一個帶著原住民血液漂流最遠的漂流木。

從台灣到英國愛丁堡，在歐洲的角落，用他的熱情和原住民特有對顏色的敏銳嗅覺，畫出一幅幅他腦海裡的故鄉和其中的同胞臉譜。

他的心路歷程都寫滿在這本新書——《漂流木》，我在此鄭重推薦。

胡德夫 / 台灣民歌之父

我和優席夫曾在同一屆 TEDxTaipei 年會上認識。他的繪畫直率有力、入木三分，歌也唱得好，是全能的藝術家，但令我印象更深刻的，是事隔許久後，某次在台北路邊巧遇他和一位友人。除了跟我打招呼外，他也蹲下來跟我的孩子們自我介紹，而令我驚訝的是，對當時還小，見到長輩不免怕生的姊弟倆，居然看到這位優席夫叔叔毫無違和感，有說有笑，優席夫的真誠和溫暖，孩子們一眼就能分辨。或許是這種正能量幫助他突破困境，在尋夢的路途上度過各種難關。但也或許，這是當一個人經過了各種歷練後，選擇去蕪存菁，留下那最好的部份照亮自己的靈魂。如今優席夫分享他的故事，想必也能照亮你我的世界。

劉軒 / 知名主持人、作家

我們常想努力完成一件事，卻不想完成對這件事的感覺，於是只有旅程沒風景，只有終點沒休息。

還好他去了英國，和家鄉的距離激發優席夫的鄉愁與感傷，通過景色拼貼，他用樂觀填補出來的人生色彩更有層次。

每個人受過的傷害不一樣，不是每個傷口都能被撫平，但優席夫有驚人的巨大能量，一路過關斬將，再多的苦居然都全部變成養分，年紀輕輕把自己活成大樹，彷彿天命就是要引領新一代原住民青年走出宿命活出自己！他行的。

阿原 / 台灣阿原肥皂創辦人

認識優哥的人，都會因為他的熱情直率、國際視野、鄉土關懷，而深深折服。第一次見面，他就直接對我說：「我喜歡你的長髮，看起來不髒！」，讓我目瞪口呆。你怎能不喜歡一個這麼有魅力的人！

認識優哥後，我常在想是何種際遇，造就了這樣豐富有魅力的人？看了優哥在本書的深刻生命故事：從歌手，到油漆工，到國際知名畫家，再回歸原鄉幫助族人、教育孩童。優哥的生命探索歷程，會讓你感動，也會給你我更多的勇氣去面對這未知的世界！

葉丙成 / 台大電機系教授、PaGamO 共同創辦人

如果蒙娜麗莎是優席夫的模特兒，他畫出來的作品一定是叫做——蒙娜麗莎在狂笑。

看著優席夫（遊戲乎）的畫作，腦子裡浮現的幾個感覺——美麗人生；陽光普照；色彩繽紛；童趣盎然；開懷大笑；恣意揮灑。感謝上帝，阿們阿們。

黃仲崑 / 知名歌手、演員

我跟優席夫是透過朋友介紹認識的，我到過他藝廊幾次，對於他那鮮豔的作品非常喜愛。我十分認同他在部落所做的藝術啟發，也一同為關懷部落孩童教育的公益一起合作過，他是一位很有行動力的藝術家，今天他出書了，我在這裡祝福並恭喜優席夫。

溫嵐 / 知名歌手

永遠有著陽光般溫暖的笑容，總是用對生命的熱情來鼓舞身邊的人。

一路走來無論遇見什麼樣的挫敗，他永遠以感恩的心來回報上帝給的每一個考驗。

在跨越無數的難關之後，他用澎湃的色彩紀錄了每一個當下，用畫筆勾勒出一幅幅生命的樂章。

愛生活，愛朋友，愛孩子，愛家，愛一切所愛 …… 愛這片滋養他成長的土地。

這就是優席夫。一位細胞內填著濃濃的愛的藝術家。

黃韻玲 / 知名歌手、音樂製作人

優席夫的畫只要看過一次絕對無法忘記。
那不只是畫，而是未曾體驗過的宇宙觀。
然後我才知道，原來顏色會跳舞，線條會歌唱。他們正對我訴說著好多
故事、好多情感，以及來自大地的古老記憶。
在接觸優席夫的畫後，我的靈魂擁有了以前沒有過的溫度。
能有如此相遇，是誕生於這個星球最美麗的事情之一。

鄭有傑 / 新銳導演

優席夫是我認識最優秀的文藝復興人 Renaissance Man，他讓我們相
信人類正面的力量與無限的潛能，可以克服一切改變世界。

快樂、正向、包容、跨界、合作，都不足以形容他過人的特質；歌手、
畫家、老師、設計師、策展人、公益家，都無法涵蓋他的專業貢獻。期
待他精彩而真誠的人生經驗，激勵成千上萬的年輕朋友們勇敢付諸行
動，漂流世界找回原鄉。歐美極端主義崛起，破壞開放社會應有的價值
及原則。讓我們跟隨優席夫的腳步，以實際行動重新建立原住民文化的
正確評價，頌讚文化之間的互敬互重，再創和諧共生的正面方法。

張基義 / 建築人、教育者、美學志工、學學文創副董事長

我永遠記得這本書第17章裡描述的那個晚上，那是個非常特別的夜晚。我帶著一群從世界各地來的朋友們，坐在優席夫座無虛席的時尚派對上，目不轉睛看著他奔放的畫作化成伸展台上的時裝，穿在年輕的原住民男女充當的業餘模特兒身上，蜿蜒成為色彩的河流時，我心裡充滿著驕傲與感動，那一刻，我站在人群當中，以台灣原住民為榮，更以身為優席夫眾多的朋友之一為榮。

參加歌唱比賽做著歌星夢，最後卻在顏料當中找到自己的聲音。
身為一位台灣原住民，他卻在愛丁堡找到自己。

我一點都不懷疑三個藍色的天使在希臘的小島上教優席夫作畫。這個世界當然有天使，我就認識一個，他叫優席夫。

褚士瑩 / 作家、國際 NGO 工作者

「那時候我想，拼了這麼久的夢想都無法達成，我乾脆就放下一切離開這個傷心地吧！」在錄音室裡，説到他從小到大的歌星夢落空的那一刻哽咽了，優哥就是一個這麼真性情的人。

他的真帶出了善，以善意的角度看待這世界，進而用畫筆畫出了一幅幅美麗的畫作。作品的美不只是外在吸引人的色彩和線條，如果有機會讓他為您説説故事，您會發現每一幅畫的背後有更多動人的理念。

還記得在一個下雨的夜晚，優哥在一個演講的場合説完他的故事之後，高歌一曲，獲得現場熱烈的掌聲，這也是另一種表演的形式不是嗎？人生就是這麼有趣，不是你想要就能得到，但也能在挫折中找到轉折契機，優席夫的故事讓我們相信人生隨時隨地有驚喜！

朱家綺 / 中央廣播電台節目製作主持人

2013 年的夏天，我來到台北金山 9 號 - 優席夫的畫廊，一踏進明亮雅緻的空間，我的腳步停留在優席夫描繪太平洋與阿美人的一幅畫作，凝視著眼前一片清澈的海藍，瞬間忘卻了內心的愁煩與焦慮。作品反映藝術家的本質，優席夫就是一個療癒之人，在他眼裡彷彿沒有難成的事，他的樂觀積極、善良勇氣，吸納許多人甘心樂意地跟他一起做許多事，不只完成自己的夢想，也督促身邊的人逐夢踏實。

每個人的人生都有一段經歷像是「漂流木」一樣，無方向無定所，面對人生波浪，有人因此懷憂喪志，然而優席夫懂得將困頓與寂寞轉化成向前的力量、將海浪擊打的刻痕變成最美麗的印記。

雖然他是世界旅人，也許你沒能親自聽他說故事，我相信這本書所散發的力量能在太平洋的彼端，影響及陪伴許多還在漂蕩的「漂流木」。

拉娃谷倖 / 財團法人原住民族文化事業基金會執行長、前 TVBS 主播

某次差旅意外認識優哥的作品,讓我打破對原住民藝術的既有印象,作品的靈魂和熱情一直盤旋在腦海裡,直到緣份的牽引認識了作品主人……

優哥是受挫流浪到愛丁堡的台灣遊子,又因嚴長壽先生的邀請重返島嶼。他會因為開心而大笑,因為感動而落淚,赤子之心在交流中表現得淋漓盡致。他把握回到台灣的所有機會,走進資源不一定願意投入的部落,透過藝術讓孩童認識自己、找回自信,開啟創作的天賦。轉化傷痛為利他的力量。

你將因這本書的帶領,經歷一場豐富的人生旅行。

林庭妃 / 薰衣草森林創辦人

優席夫,優哥,跟我是在 2013 年的 TEDxTaipei 的舞台上認識的。從第一天認識他到現在,他總是用最爽朗的笑聲、伴隨著對這片土地最有溫度的關懷,用色彩、用陪伴,豐富身旁的人的生命。想起他,我心中總是充滿喜樂與感恩,感謝上帝差派這樣的天使,流著台灣原住民的血液,把這裡的美麗帶到世界。我相信他的流浪故事會激勵更多人,相信自己的價值,敢於擁抱不同、放眼未來!

劉安婷 / Teach for Taiwan 創辦人

/ 目錄 /

Gallery 1　成長 romahad

Gallery 2　作品 misanga'an

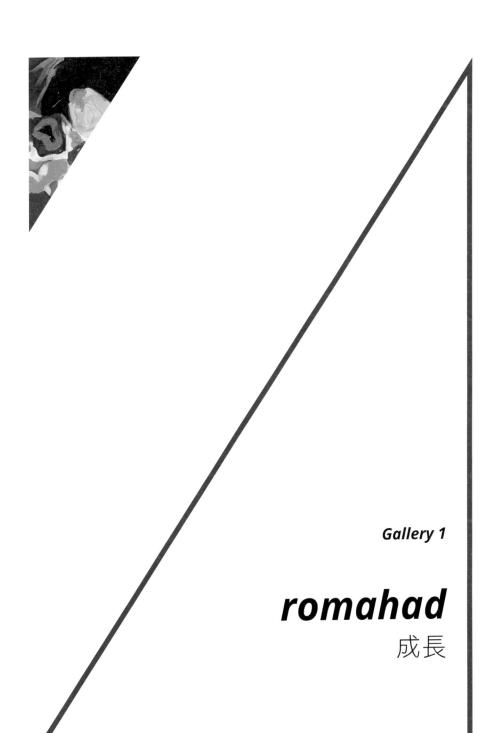

Gallery 1

romahad
成長

Picture

引言

/ 漂流木—縮時人生的流浪 /

　　從來就沒有想過有一天，我會成為一位藝術家，因為認識我的人都知道，我從小就熱愛音樂與唱歌。人的生命就是如此，你以為會走這條路，其實生命它會設計其他的路讓你走，而且是出乎你的想像。當我告訴朋友們，我現在在當藝術家的時候，嚇壞了一堆人，包含我的父母親。

　　我從小時候就知道長大之後要做什麼，還記得五歲的時候，父親告訴我部落有舉辦歌唱比賽，在沒有報名的情況下，我主動上台跟主持人要麥克風唱歌，唱完的時候，我當然沒有得名，但是我得到了一包糖果，當時我覺得自己是最好的，因為小孩子最愛的獎品就是糖果。所以五歲的時候，我就告訴我自己，有一天長大之後，我要成為一個歌手，我要唱歌。

　　像我們這種沒有身家背景的人，要達成夢想，只有一個方法，會最快被人看見，那就是參加歌唱比賽。記得有一年我參加夢公園全國歌唱比賽，在好幾千位的參賽者當中，一路過關斬將，拿到了第一名，結果出唱片的卻是第二名，因為唱片公司嫌我長得太黑、不夠高、不夠白，所以每一次失望對我來講，都是一個很大的傷害與挫敗。

　　後來在台北，我跟妹妹、表弟，和另外一位好朋友 Lisa，非常熱愛音樂和跳舞，就組成一個團體，寄試聽帶給各大唱片公司，有一天我們收到了一家音樂製作公司，要聽我們現場唱歌，於是我們自己梳裝打扮，到了現場，他們看到就急著把我們簽下來，要感謝那個時候日本剛好流行 109 辣妹的黑色旋風，所以我們很快的就被網羅，也簽下了合約，一共是五年。

　　當時因為我們的形象非常健康，也吸引了知名廠商的廣告邀約，飲料、機車、運動品牌，幾乎什麼都有，但人算不如天算，沒想到當時，我們的經紀公司和唱片公司，竟然發生財務糾紛，在雙方無法達成和解的狀況下，我們被迫冷凍。就這樣我們的夢想活生生被打碎，對當時正在準備起步的我們，是一個很大的打擊。

　　後來心灰意冷的我，決定遠走英國愛丁堡，離開台灣的那個晚上，沒有人送我，我只帶著孤零零的行李，一個人往機場走。我告訴我自己，再也不要回來台灣了，因為不管我再怎麼努力也沒有用，台灣對我來說，是一個傷心之地，就這樣我飛出去了。

　　到了愛丁堡之後，我非常震撼，因為那邊的美麗景觀、人文特質與生活環境非常適合我，剛好又碰到當時的愛丁堡國際藝術節，它是全

世界最盛大的藝術慶典，每年邀請三千多個的表演團體，吸引五十萬的朝聖人潮，這個充滿藝術人文特質的城市，讓我深深著迷，於是我就告訴我的朋友，我決定要留下來。

後來有一天，我的朋友們邀我一起去希臘旅行，世界上有很多的東西，它存在，可是我們看不見，就叫做超自然經驗。我記得睡在民宿，凌晨四點，在半夢半醒之間，有三位藍色天使來造訪，他們很小隻，用英文跟我說：「時候到了，要畫畫了！」，他們拉起我的手，教我怎麼使用筆刷與顏色，瞬間白色的牆壁出現了藍色、綠色、紫色，美麗的河流，流淌在牆壁上，等到我終於可以動的時候，瞬間三位天使消失了。

說也奇妙，當我結束希臘旅行回到英國之後，我的手就開始覺得很癢，很想創作，有一天我正在房間裡作畫，我的房東剛好經過，「我不曉得你會創作？你畫得很好耶，我的客廳剛好裝潢完，可不可以借你一幅畫放在牆上？」，我心想：「有人喜歡、欣賞我的作品，有何不可？」，我就把其中一幅作品借給房東擺飾。

後來我的房東在家裡舉辦了一場派對，我完全不知道當晚來的人有誰，突然房東請我下樓，因為有位先生想要認識我，聽說對我的畫有興趣。我跟著房東到客廳之後，這位先生站在裸女畫前，帶著微笑問我：「請問這是你畫的嗎？」，我說：「是！」。

他繼續問：「那你有畫其他的畫嗎？」、「我可不可以看其他的畫？」，於是我帶著這位先生，到樓上的房間看畫，那些我平常描繪花蟲鳥獸的作品。他端詳了兩分鐘之後，請我等一下，他要打一個電話。

　　講完電話的他，握住我的手：「我很喜歡你的作品，想要邀請你參加，我在愛丁堡藝術節，fringe 的視覺藝術展，舉辦的青年藝術家聯展，你願意嗎？」，我當時真的很訝異，沒想到我那些平常隨意畫的作品，居然會有人欣賞，還可以參加這麼盛大的青年聯展。

　　那一天終於到來了，十位藝術家每人各出三幅作品展出，在開幕當天，我竟然是第一個把畫賣出去的藝術家，就這樣無心插柳，莫名其妙的，我成為了一個藝術家。

　　走上藝術家這條路，是我萬萬沒有想到的，我當時想有人會喜歡我的畫，甚至願意掏錢買，表示我的畫是有一些市場的，因為我已經離家很多年，又是家裡的老大，爸媽要繳弟妹學費的時候，是家裡最困難的時候，我到了英國，都沒有寄錢回家，所以我想多畫一些作品，可以支援家中的開支，所以我就不停的畫。

　　我把平常畫的二十幾幅作品，放上拖車帶去藝廊街販賣，沿途我敲了很多家藝廊的門，從早上十點敲到下午三點，沒有一家藝廊願意收我的畫，這個時候，也剛好到下午喝咖啡的時間，我在轉角發現了一家小小的咖啡店，這間改變我生命的咖啡店，就叫做《莎拉咖啡》。

　　我一進去，它的坪數很小，大約十五坪左右，我點了一杯咖啡，環顧四周，發現牆上有很多年輕藝術家的作品，而且賣得很便宜，我趁機抓住機會：「老闆，不曉得有沒有機會可以在這裡展覽？」，老闆面有難色的回答：「從年初到年尾，我們的展覽都排滿了。」，我沒有放棄，繼續死皮賴臉的爭取：「可不可以給我一次機會？哪怕幾天也好。」

　　老闆看我死纏爛打，只好說：「你等一下，我翻一下我的行事曆。」「我這邊剛好有五天的空檔，你要不要？」，當時我猛點頭說：「我要！我要！」然後就快速跑回家拿訂金。我就這樣要到了，生平第一個展覽的機會。

　　凡事都有第一次，那一次展覽，因為認識的人不多，朋友也不多，很多事情都要自己做，後來想想，我很謝謝那些苦難，那些經驗都變成我的能力，我自己當攝影師，我自己掛畫，我自己調燈光，甚至開幕當天，我自己當調酒師，身兼數職什麼都做，中間過程很累很辛苦，完成之後非常實用，很多策展的工作我都會了，吃苦是有價值的，因為它會磨練你，成為一個更有能力的人。

　　五天後，我來到咖啡店，看到牆壁上一整排紅點，紅點就代表有人收藏，我算了一下，大概有七到八成的作品都賣出去了，我非常開心，流下了眼淚。因為流浪過的人，受過苦難的人，看到這些成果之後，內心會湧起排山倒海的激動，老闆看到我泣不成聲，哭到不能說話，也同情我：「好了，好了，你不要哭了，我也買你一幅畫好了。」

　　後來我發現，每一次我的展覽，都會有五到七成的收藏率，所以在累積了一些錢後，我就去租了藝廊空間，因為一般人要收藏畫的時候，還是會跑到藝廊去，然而藝廊出租的金額非常高，所以我只能租冷門的時段，從下午六點到八點，兩個小時在當時大概要 2 萬台幣，那時我的展覽就叫做一夜展，因為租金實在太貴了。

　　我開始不斷的辦展覽，一天有位朋友 Frank 告訴我，倫敦藝術大學正在舉辦全球華人藝術比賽，我很感謝 Frank，他一直鼓勵我，甚至

/　2011 剛流浪到英國時　/

逼迫我，要我把作品寄出去，當時全球有超過兩百多位的華人藝術家參加展覽，最後要選出十位藝術家，在倫敦當代藝廊展出，從初賽到複選，非常意外的，我入選了前十強，而我的作品「說不出」，也成為展覽活動的主視覺，當時我覺得好開心好驕傲。

那次比賽之後，我逐漸打開小小的知名度，回到愛丁堡之後，有些拒絕我的藝廊老闆，又回頭邀請我展出。擁有自己的藝廊，是每個藝術家的夢想，因為可以完全依照自己的想法設計，回到台灣之後，我結識了誠美建築的陳百棟董事長，非常感謝他提供了近百坪的空間，讓剛從冰島旅行回來的我，打造了優席夫藝廊，充滿極簡的北歐風格，並引入漂流木、日光與能量，成為台北第一個以原住民當代藝術為主題的藝廊，這三年的時間裡，這裡不僅展出自己的畫作，也提供其他的藝術家舞蹈、攝影、講座等多元展演，許多學校團體甚至來此參訪，對我的意義十分重大，未來我也將持續推動藝廊的文化交流。

我從一個默默無名的油漆工開始，為自己敲出一片天，如果當初放棄了敲門的勇氣，我不可能成為現在的優席夫，也不可能成為藝術家，機會不會自己送上門來，是自己敲出來的，夢想要有行動力付出，永不放棄、敲門勇氣的故事，希望透過我的親身經歷，能鼓勵所有有夢想的人，付出行動，夢想一定會有達成的一天。

野生的畫家

/ 感受發聲的影響力 /

　　我永遠會記得，當我屏息走上那個十八分鐘的舞台，那是 2012 年的 TED×Taipei 講座，在滿場的觀眾圍繞下，我唱了部落的歌謠開場，以祖先留給我的聲音劃破寂靜，穿入心靈，當現場掌聲響起，我才稍稍放下緊張的情緒，然後用母語問候大家，因為我要跟大家分享的主題是「源自部落的生命藝術」，這幾乎是我活著的核心。

　　其實這個講座的邀約，要感謝誠美建築陳百棟董事長的牽線，他介紹我幾位年輕人，那時埋首創作的我，根本不知道什麼是 TED×Taipei 講座，還以為他們是學校社團的學生，充滿熱忱與活力，我們彼此相談甚歡，然後策展人 Jason 問我，是否願意來分享有關土地與創作的故事？

　　我那時早已訂好機票要回愛丁堡了，加上我很怕熱，非常討厭夏

天，只想按照原定計畫離開，但 Jason 非常認真的說：「我們願意給你十八分鐘，你一定要來！」，後來我上網搜尋 TED，差點沒昏倒，原來它竟是一個這麼大的國際性論壇，我既滿懷興奮，又腿軟發麻，心想終於可以透過這樣優質的媒體管道，為孕育我的部落文化發聲，又擔心會說得不好。

　　我來自花蓮玉里的原住民部落——馬泰林村，總介紹自己是「野生的畫家」，從來沒接受過任何繪畫的課程或訓練，只是憑著內心感受、部落印象去描繪出我想傳達的概念與意象，其實我完全沒想過有一天會成為畫家，我從 5 歲起的夢想就是上台表演，想成為一位很會唱歌的偶

像歌手，今天開場某種程度好像也實現了童年的夢想，但之前在成長的路上總是事與願違。

我們以前的青春年代，演藝圈的明星個個都是白淨氣質的美少男，像我這樣皮膚黝黑、粗壯豪邁的類型算是奇怪的異類，這一路走來遭遇很多的挫折，因為不是市場喜歡的主流，後來又因為唱片公司和經紀公司的合約糾紛，整整被冷凍了五年，終於成為星光熄滅的一片歌手，不能留在台北也不能回家，人生像卡在一個無法前進與後退的頓點。

傷心之餘，我接受朋友建議遠走英國，結果沒想到我的膚色竟在歐美大受歡迎，據說這是最好看的蜂蜜琥珀色，我受寵若驚，很是得意，因為我的膚色，讓我從小備受歧視，為了讓自己變白，我還曾經嘗試各種美白的方法，但從來沒有成功，所以可以想像，當自卑的膚色成為美麗的象徵，那是一種多大的反差與衝擊，我認同自己原住民的身分，是從認同自己的膚色開始。

在愛丁堡的生活，我當油漆工養活自己，因為時間太多了，所以就開始畫畫，不管在牆壁上、還是在畫紙上，都可以看到我隨手的圖繪，反正真的很閒，有次房東先生在家裡舉辦派對，牆上剛好畫了一幅我的作品，人生的變化總是無法預測，神關了一道門，卻幫我打開一扇窗，那天成為我生命中最重大的轉折，其中一位客人看了非常喜歡，便問我還有其他的畫作嗎？

我戰戰兢兢的帶著他進房間，他細細端詳那七、八幅隨意散落在地上的畫作後，便開口邀請我參加愛丁堡國際藝術節期間，fringe 視覺藝術展所舉辦的十人青年聯展 ，原來他就是負責的策展人，我是在

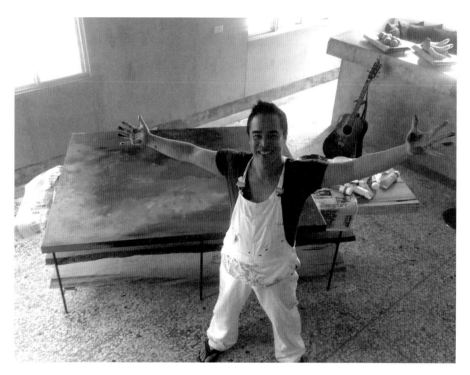

做夢嗎？那是國際知名的藝術聖地耶，在命運巧妙的安排下，我成為第一位在愛丁堡國際藝術節參展的台灣原住民畫家，也成為那場展覽中第一位把畫賣出的藝術家，然後我的人生，就此展開戲劇化的嶄新一頁。

後來我慢慢明白，一個人發聲的能力，等於一個人的影響力，原來這是一趟生命旅程的設計，神讓我透過繪畫發聲，讓台灣原住民的文化與能量，能夠跨出這座島嶼傳遞出去，與世界連結，還有在這塊土地所發生的問題與發展，像是資本主義的短視、暴力，大舉開發所帶來的環境破壞，能夠透過藝術的呈現，被更多人看見與重視。

大自然是滋養人類最重要的搖籃，當它被毀滅是無法回復的，花東是我深愛的故鄉，它的山海風貌，它的綠活生態，它的純樸美好，是無價的資產，我們可以一起參與改變，守護花東美好的自然生活，那是台灣最後一塊純淨之地，也是滿足我們心靈缺口的重要依歸，我所有創作的養分，就存在這裡，它的美麗，無所不在，它的美麗，總是發光。

阿美族的男版阿信

/ 一夜長大的滋味 /

　　常聽人家說，家中的老大比較有責任感和領導力，而且值得信賴，像是父母的縮小版，我是家裡第一個出生的孩子，由於太受父母器重了，所以把四個弟弟妹妹的照顧，都託付給我，既像大哥又像父母，因為爸媽忙著工作養家，從小到大，幾乎所有的家務，都是我在做，像是撿柴、生火、煮飯、洗衣、打掃、跑腿、顧店……，你想得到的各種雜役，都是我的責任範圍，吃苦耐勞、無怨無悔的程度，簡直就是阿美族男版阿信的化身。

　　有首兒歌「妹妹背著洋娃娃，走到花園來看花，娃娃哭了叫媽媽，樹上小鳥笑哈哈。」我的洋娃娃就是我的妹妹們，不管去到哪裡，我媽都要我帶著她們，就像年齡差距極大的連體嬰，所以我常是背上背一個，手上牽另一個，連正值需要帥氣見人的青少年時期，我也都是這樣以小保姆的姿態尷尬現身，一起去和朋友玩耍，這些不同於常人的成長

/ 5 歲時的我 /

背景，不僅訓練了我過人的體力，也磨練出我照顧小孩的耐心，還有不怕被嘲笑的堅強心臟。

在阿美族的擇偶條件裡，除了篩選男人的外表，像是從男人的肩膀、胳臂和腿，看看夠不夠強壯結實以外，還會從個性是否勤奮上進，認真幹活的特質去觀察，從中挑選出體能耐操，勤勞努力，能幹粗活的壯丁，就是部落好男人的代表，依這兩項評選標準，我坎坷無比的童年，應該能幫助我成為部落裡的天菜。畢竟在阿美族是有休夫制度的，在過去，如果一個男人好吃懶作，不事生產，當男人回家，看到自己的工作刀被放置在門左邊，就代表老婆不要你，要你滾出去，從此不能再踏進家門一步，所以小阿信的嚴格訓練，現在想來其實是爸媽的用心良苦啊！

然而這些都只是體力上的辛苦，最令我感覺沉重的，是沒有錢而帶來的心靈壓迫。我記得很小的時候，爸爸曾經當過礦工頭，媽媽則是煮飯婆，帶著十幾個工人，在玉里清水山區一帶工作，不但爸爸整日必須辛苦的打零工，媽媽也要負責打理所有人的餐食，爸爸礦工約期結束後，就帶我們回到馬泰林部落定居。我們住在一間簡陋破敗的茅草屋，一家七口擠在同一張床上，幾乎沒法翻身，彼此的呼吸聲都聽得清清楚楚，全家人共蓋一張補滿破洞的棉被，我印象中的清貧童年，我們從來沒蓋過新棉被。

我長大後很不愛吃花椰菜，因為以前吃到怕了，小時候的花椰菜不用錢，是自己種的，最長的時間，我們家整整吃了一年，家境貧窮的小孩，是沒有資格偏食的，只要每餐能吃飽，就是實實在在的幸福。最慘的一次，是我在深山裡生了病，花了兩個多小時，爸爸才把燒到高溫的我送到診所，差點沒燒壞腦筋，對於一分一毫都要斤斤計較的家庭開

銷，窮人就連生病都是奢侈的。

　　我從當一個孩子，就深刻體會到錢的力量，它有安定力，更有殺傷力，它可以安頓一個家的存在，也能摧毀一個人的尊嚴。因為爸媽打零工，所以小時候家裡的收入並不穩定，有時候到了傍晚煮飯時，媽媽才發現米缸的米都空了，就會叫我去借米，有次我膽怯的站在鄰居阿姨家門口，小小聲的問著：「阿姨，可以借我們兩杯米嗎？」阿姨不屑的看了我一眼，沒有回應，我想到弟弟妹妹餓著肚子，鼓起勇氣又問了一遍，阿姨起身把我手上的米袋搶走，然後大聲的訓斥：「一直借，一直借，你們借多少次了？會還嗎？」

　　我低著頭，眼淚在眼眶裡打轉，向阿姨道謝，接過了沉甸甸的米袋，捧著的彷彿是我碎裂的心與自尊，小小年紀的我，第一次感覺到錢的重量，原來是可以壓垮一個人的。回家後我把發生的經過都告訴了媽媽，結果我們母子兩人在廚房裡抱頭痛哭，那天的晚飯，是用心酸與眼淚拌和的，我嘗著一種一夜長大的滋味，我永遠都不會忘記。

　　那天我在心裡暗暗發誓，我長大後要賺很多很多錢，一定要出人頭地，不再讓爸爸那麼辛勞，不再讓媽媽人後流淚，也不再讓別人瞧不起自己。 這些生命的磨難，一次次磨掉了我個性的銳角，只留下對家人的情感與愛，那是我最甜蜜的弱點，我知道我自己心靈深處，永遠都會是那個顧家的阿信。

04

馬路旁的雜貨店

/ 馬泰林部落的聯誼中心 /

　　現在的便利商店滿街林立，裝潢明亮，品項繁多，但我心中最有浪漫情懷的一家店，是媽媽開的雜貨店，它就佇立在整排綠蔭的馬路旁，周圍被一大片稻田環繞著，沒有都會喧囂，沒有車水馬龍，在近代商店的進化史上，以不可思議的生命力，在馬泰林部落開了四十多年，應該可以稱得上是當地最老的雜貨店，屬於古董等級，賣的東西幾乎跟以前沒有兩樣。

　　從小到大，我記得雜貨店最熱鬧的時間，有兩個時段，一個是一大早，小孩子上學買買零食、部落婦女採買生活所需，另一個是傍晚，這裡就會變成另類的俱樂部，是叔叔伯伯、阿姨嬸嬸的集會所，當一天工作結束後，都會來這裡乘涼小憩，說說笑笑，釋放一整天的壓力，有時還會把晚餐或點心全都帶來，直接一夥人就當自己家裡聚餐起來。

　　各種顏色的塑膠椅，隨興任性的在門口排開，加勒比海藍、螢光系粉紅、鮮豔亮鵝黃的高反差對比，硬生生把一條普通的馬路，變換成疑似身在國外的度假小天地，我真的很佩服我媽大膽配色的才華，我想某一部分，我瘋狂無序的色彩密碼，就是遺傳了我媽。雜貨店前常常是婦女一桌、男人一桌，小孩在一旁追逐嬉戲，話題天南地北，完全沒有限制，我常覺得這裡很像是部落的交誼中心或是情報總部，誰家的兒子找工作或是誰家的女兒談戀愛，什麼小貓小狗最新的消息，在這裡的人都會第一時間知道。

　　活潑開朗的媽媽，其實是個濫好人，根本不是做生意的料，總會加倍對人好，買個醬油，會再加送糖果等等小東西的，店開得再晚，從來不趕人，不管誰忘了帶錢，也從來不記帳，偏偏記性又差，很容易會忘記，到底誰賒帳，然後賒了多少錢，她都一概不知道，所以媽媽做生意，比較像是在做慈善，賠錢是常有的事，精明幹練這樣的形容詞，永遠與媽媽沾不上邊。

　　我預估本來早就應該會倒閉的雜貨店，至今仍然屹立不搖，真的算是一個奇蹟，其實媽媽經營的不只是一家雜貨店，經營的更是一份歷久彌新的感情，這裡有著部落小孩成長的記憶，也是交流部落生活的聯誼中心。因為做生意，我們家的客廳、廚房，是對外開放的，套個現在流行的說法，就是個無牆雜貨店的概念，所有人都可以在我們家進進出出，我和弟妹完全沒有隱私的空間，那時非常不喜歡待在家讀書，勉強也只能往後院寫功課去。

　　現在回想起來，那是一種對人深厚的信賴與包容，才能辦到的事，這就是部落所凝聚出來彼此照顧的生活型態，對人沒有戒心，只有友善

與溫暖，打開自己的家，像是對人敞開心胸，那是一種多麼浪漫又感性的情懷啊，也許是天性，也許是環境，讓我們的世界與心眼都非常單純，如果這樣的美好精神，可以感染更多人，沒有仇視與對立，世界和平一定可以實現的呀！

身為雜貨店小開，我所有的交際能力，都是媽媽開雜貨店訓練出來的，因為要幫媽媽顧店、賣東西，會跟各式各樣、各種年齡的人打交道，所以我從小就超會看客人臉色，嘴巴也很甜，也會利用雜貨店的資源，拿小零食請同學，當個孩子王，所以，從小就培養了公關的基本功，長大後變成一個活潑花俏的藝術家，其實也是不得已的啊，我也很想成為氣質優雅的那種類型，但畢竟我的成長歷程就是這樣奇特，轉不了型。

媽媽的雜貨店，因為開在鄉下地方，其實也沒什麼客人，我之前都會叫她關了吧，媽媽怎樣都不肯，後來才慢慢了解到，雜貨店其實是媽媽生活的重心，媽媽喜歡熱鬧，很怕孤單無聊，有一家雜貨店可以忙著打理，可以和大家聚會，就是媽媽小小的夢想，我希望，這家雜貨店可以一直開下去，只要它亮著，就像指引我回家的燈塔。

Picture **05**

十八歲的離家

/ 第一次嘗到了什麼叫鄉愁 /

　　在花蓮玉里長大的我，從小只看過大山大海，還有一望無際的地平線，稻田的邊界，除了稻田還是稻田，看得連自己都有點想吐了，在十八歲之前，從來沒有去過城市，是個標準的鄉下野孩子，從電視看到的印象中，那樣繁華熱鬧的都會生活，與無限可能的世界一直吸引著我，對於離開家鄉這件事，我一直懷抱著天真樂觀的期待，痴痴等待著這一天的到來。

　　終於，在高中畢業以後，我說服了爸媽，答應讓我到台北打天下，我帶著身上僅有的三千塊出發，在瑞穗火車站，所有別離的人都面露傷感，離情依依，甚至哭哭啼啼，淚灑月台，只有我一個人歡天喜地，只差沒敲鑼打鼓，一股腦只想著用最快的速度，飛奔到那個部落孩子所嚮往的夢想之地，那個裝滿所有美夢與希望的天堂。

來到了台北，我先投靠只見過一次面的表姑，因為表姑在中餐館上班，所以我的第一份正式工作是外場的跑堂，其實我算是很能吃苦耐勞的孩子，國小就去拔花生、國中採收金針菇、高中上梨山採蘋果，成長過程中打著不同農務的零工，補貼家裡的收入，雖然身體勞動，但因為身處大自然的環境，所以還是很容易上手，畢竟部落小孩有用不完的精力，還有第一次發現自己賺的錢，可以改善家庭的經濟，這讓我更珍惜各種打工的機會。

但在台北端菜餚、收餐盤日復一日的不變循環中，我變成了一個沒有靈魂，只有軀殼的機器人，加上住在不見天日的地下室，飄散不去的霉味，隨時出沒的老鼠蟑螂，天天重複的惡夢，讓看慣天寬地闊的我，開始鬱鬱寡歡，人生地不熟的孤單、夢想難以開展的無力、思念家鄉的惆悵，成了一擔擔壓在我心上的重量，深切體認了，台北並不如我想像的那麼美好，才剛要萌發的理想在我心中，一片片的碎裂凋落。

曾經經濟拮据到最慘的狀況，在台北寒冷的冬天，身上沒有錢可以買外套禦寒，頂著呼呼咆哮的狂風，冷的不只是低降的氣溫，還有一顆年少心靈所感受到的人情冷暖。三個月後，再也撐不下去的我，決定離開餐館，試著自己找新的工作、獨立生活，當時的我並不知道，一場更殘酷的苦兒流浪記，會在未來等著我。

因為辭掉了餐廳工作，也擔心會打擾親戚，所以就到當時的山地青年活動中心申請住宿，非常幸運的，當時有空出的床位，我就帶著簡單的行囊入住，有個遮風避雨的地方可以棲身，對我來說已經非常滿足。其實，除了工作養活自己，補習是另一個很重要的目的，因為第一年的大學聯考，我沒考上，所以我計畫白天工作，晚上補習，希望可以

/ 18 歲少年時代 /

一償讀大學的宿願。

　　因為初出社會，我連找工作都不知要怎麼找起，連看到了咖啡廳的徵人啟事，我都不敢進門應徵，因為裡面太漂亮高級了，我想這是從小累積的自卑感作祟。所以後來我去了電子工廠上班，我負責主機板的組裝，又回到了機械人的生活，每天從運輸線送來的面板與零件，組成了我大部分枯竭的人生，空氣中散發燒灼的工業毒氣，讓我整天都處於暈眩的狀態，那時懵懂的我，連要戴口罩保護自己都不知道，竟然有人可以這樣一做就是好幾年。

　　終究我體內自由奔流的原住民血液，還是無法適應這樣封閉的工業環境與工作內容，待到第二個月我又離職了。然後，我來到當年很有名的《雙聖冰淇淋》上班，跟之前比，這裡根本是樂園，琳瑯滿目的冰淇淋，像是可以吃的美麗水彩畫，這份工作也充分發揮我的特長，因為我力氣超大的，簡直是天生的挖冰淇淋高手。我非常享受它所帶來的成就感，還有一個意外的收穫，就是這裡的外國客人很多，啟發了我對於英語的興趣，語言的學習在未來的人生，深深影響了我。

　　十八歲的我為了生存，什麼工作都願意做，原來離開家以後，人才開始長大，當你嘗到第一口的鄉愁，那種五味雜陳，那種隱隱作痛，那種失溫的冷，才發現你急於逃離的故鄉，是一座多麼美好，多麼堅固，讓你擁抱眷戀，也讓你得以依靠的港口。

大頭兵抽到金馬獎

/ 我在東引數饅頭的日子 /

　　在部落的男人們，有許多關於當兵的傳說，有些是驚心動魄的故事，有些是鐵的事實，像是我年輕的那個時代，99% 的原住民一定會抽到金馬獎，幾乎沒有例外。後來因為有立法委員提案，希望當局能把原住民的孩子，也當成自己的孩子，一律平等對待，才慢慢改變原住民穩中金馬獎的從軍模式，不過我當時出生得太早了，還來不及享受這個改革的成果。

　　就在《雙聖冰淇淋》工作的那段時間，我接到了兵單，然後，沒有意外的，我抽到了大家避之唯恐不及的金馬獎，而且還是更偏遠的離島東引，在這之前，我從來沒聽過這個地方，因為從來不曾離開台灣本島。所以當時到金門、馬祖，就是上前線的概念，那時聽到許多對岸的水鬼潛伏、割掉耳朵的傳說，都讓我對金馬蒙上了一層不安的想像。抱著一團迷霧的心情，我剃掉我最重視的頭髮，以阿兵哥的新身份，往離

島東引出發。

　　原來東引自古在軍事戰略上佔有非常重要的位置，在馬祖列島中，東引的海域最深，以湧浪而著名，所以我從台灣轉運到東引的船程中，簡直是一段痛不欲生的海上航行，由於風浪奇大，船隻也小，讓所有人都吐到一種天昏地暗、無休無止的輪迴，當兵還沒讓我從一個男孩蛻變成男人，就差點讓我往生了。聽說在離島可以回家休假的機會很少，大概一年只能回來台灣一兩次，我抱著嘔吐袋，突然感到有點慶幸，因為光這樣一趟來回，就是天堂到地獄的歷程啊！

　　在東引的日子，除了像一般阿兵哥按表操練、輪流站哨，還有許多防禦工事要進行，我記得前三個月，我都在當工人，舉凡鑿岩石、挖地道、修馬路等等，都是我們平常的工作。這些勞役非常辛苦，需要消耗大量的體力，頂著烈日當頭，踩在冒著熱氣的路面上，搬運石頭來回奔波，對於我這個超級怕熱的人，真的是種酷刑，但這就是軍人嚴格的鍛鍊，我才深深體會到，很多國家的建設，都是靠一群默默流汗、全力投入的人所支撐起來的。

　　在這個只有３萬８千平方公里的小島上，除了軍人以外，住的人民也很少。在這裡，水資源非常匱乏，只要沒下雨，我們就沒有水可以洗澡了，可以想像，住著一堆臭男生的軍營，會有多麼克難，還好我也就過一天是一天的撐過來了，更和軍中弟兄培養了好感情，畢竟在這最北之角，在任何突發狀況下，我們就是彼此僅剩的保護與依靠。

　　在放假的時候，我最喜歡做的消遣，就是看海和賞鳥了，臨著山崖望向清澈海面，聽著浪濤拍打的歌聲，東引的美，是格外清靜寂寥的，

沒有吵雜的人潮干擾，這裡也是保育鳥類黑尾鷗的故鄉，美麗優雅的黑尾鷗，是東引生態的象徵，沒有被人為破壞的自然環境，當然成了牠們築巢棲息最好的地方。我常看著壯美的風景，思考退伍以後的人生，可能是藍天太廣闊的關係，連思緒都變得很清晰，凝視著佇立在懸崖峭壁上的東湧燈塔，感覺我的未來，在一點一點的發光。

在每天的相處中，輔導長發現，我寫得一手好字，加上儀表還不差，口條流利，入伍前又有唱歌跳舞的演藝經驗，所以就向營長引薦我，然後我就從工兵被調為文書兵，負責文書處理、資料彙整等事務，偶爾接待外賓，或是康樂活動時，就會被叫去小舞台表演唱歌，隨著文書工作量與上台表演的機會越來越多，我也慢慢成為營區內的名人，感謝有長官與學長的一路照顧，讓我數饅頭的日子，從此過得比較輕鬆。

苦盡甘來，似乎是人生公平的定律，現在想起來，因為抽到了金馬獎，才能到台灣的離島過生活，正因為不是想去就可以去的地方，更顯得這段軍旅生活的特別可貴。也或許，人會往內心真正渴望的事物走去，我那麼喜歡海洋，每一片海洋都像是一個宇宙，上天也許安排我，在不同的路程，和不同的海洋相遇，專注聆聽海的語彙，為我注入蔚藍的夢想與能量。

夭折的歌手夢

/ 到不了的音樂路 /

　　我的歌手夢是從很小的時候開始的，我家對面就是一座造型別緻的迷你教堂，我一天到晚就會進去裡面玩，常在小小的舞台上唱福音歌曲，當所有人都專心的聆聽，我感覺像是擁有了全世界，高亢清澈的歌聲，迴盪在十字架的光輝裡，對我來說，唱歌是當時最幸福的事了。因為我旺盛的表演慾，從小就展露無遺，只要有客人來，爸媽就會叫我出來表演唱歌，所以我長大的志願非常順理成章，就是成為一位偶像歌手。

　　我退伍後一直千方百計，想朝著當歌手的人生方向前進，所以當年有個夢公園歌唱比賽，很幸運的，在競爭激烈的角逐下，我不只進入總決賽，還拿下冠軍，心想這次肯定能以黑馬之姿出道，結果唱片公司在市場性的考量下，決定力捧亞軍前進歌壇，因為那時的明星，臉蛋都要長得很好看，男的要像林志穎那樣白淨斯文，女的要像楊林那樣夢幻

/ 音樂啟發地　馬泰林部落教堂 /

玉女，而我粗獷黝黑的外型，的確不是當時市場所喜歡的口味，就這樣，我和我的歌手夢擦身而過。

對音樂不死心的我，後來又報名了巨登之星的歌唱比賽，很像現在的星光大道，為了參賽，我還發動家族捐款，募集了三千元，花在所需要的旅費和表演服裝上，就這樣，我背負整個家族的期待，從數千人的海選，到通過闖關決戰，終於擠進了最後的冠軍賽，很少出門的爸媽，特別遠從花蓮來到現場，幫我加油打氣。當公布名次的剎那，我當場愣住，腦袋一片空白，好像被雷打到一樣，完全不敢相信這是真的，因為過於震驚，得獎感言竟只說了一句謝謝，爸媽在台下都哭了，那時的冠軍大獎是一部超級跑車，因為我不會開車，就把賣車的錢，買了老家附近的半座檳榔山，送給家人當禮物，所以嚴格說起來，我也可以算是個檳榔小開，也對自己闖蕩音樂之路，更加的有信心。

後來，劉家昌老師在尋找一個好聲音，有自己風格的男歌手，結果相中了我，那時還幫我取了個藝名，叫做「駱也」，準備出個人專輯，我滿心歡喜，因為在劉老師旗下的藝人，每一個都是大紅大紫的，沒想到錄到一半時，劉家昌老師因故遠走香港，我出道的機會也就不了了之。在失望之餘，我只能先到師大路、泰順街附近的酒吧當酒保，一邊等待新的機會。

因為我、小妹舒麥和朋友 Lisa，當時都熱愛唱歌跳舞，也經常玩在一起，剛好外型長得俊俏的表弟才當兵退伍，於是我們就決定組一個樂團，我還是持續寫歌，寄 demo 帶給唱片公司試聽。後來出現了兩位伯樂，就是音樂界赫赫有名寫《張學友吻別》的殷文琦老師，還有阿妹、周杰倫的音樂製作人鍾興民老師，他們非常看好我們這四人的組

/　當歌手時的我　/

合。因為當時黑不啦嘰的 109 辣妹開始流行，我們這個能唱能跳、具有爆發力的黑色團體，可能會成為音樂市場下一枚震撼彈，所以他們簽下了我們。

那時的音樂人只負責音樂製作，所以他們必須另尋訓練公司，因緣際會下，當時音樂製作公司，就找上了專門在訓練偶像團體的某唱片公司，也就是當時羅志祥和歐漢聲的東家，我們四位就被送到那裡去訓練，就此展開一連串嚴苛的魔鬼訓練。我們有半年的時間都睡在排練室，那裡除了空蕩的地板，就只有吹著焚風的電風扇，從唱歌、跳舞、演戲、說話、造型都要重新訓練，那時我已經二十八歲了，但公司希望我隱瞞年齡，以二十歲的青春少年現身，還要求我必須減重，所以我常常在節食、跑步和做伏地挺身。我們都付出很多的代價，像是 Lisa 也放棄了教職的鐵飯碗，只為一圓音樂夢。

當時的我們已經為出道暖身，許多廣告都在洽談合作中，唱片公司希望簽約，我們為了實現夢想，並不太了解合約的相關細節，也不懂爭取自己的相關權益，結果這一簽就是五年，沒想到就把我們的未來簽掉了，而我們那時已經跑通告了一個月，所有幾乎該上的綜藝節目，都會有我們的身影，有時搭計程車，還會不小心聽到我們自己的音樂被播放。事業正在起飛時，結果發生了我們的經紀公司與唱片公司的財務糾紛，在合約重疊與雙方無法達成和解的情況下，被冷凍起來，五年內無法接任何通告與工作，這個打擊徹底打敗了我，再也翻不了身。

頂著一張似曾相識的臉，我無法再回到酒吧上班，也無顏回去見家鄉父老，除了灰心難過外，對於一起打拼的團員，更有深深的愧疚，我們不是輸在音樂的實力，而是輸給整人的命運，我覺得台灣再也沒有

／ 黑珍珠宣傳照 ／

我可以立足的地方了，於是我聽從朋友的建議，出走茫茫未知的愛丁堡，其實說是逃離，應該會更貼切吧，這次挫敗的後座力太強了，我終於，徹底拋棄了我的歌手夢。

Picture

説過最難的一次再見

/ 乘載別離也乘載榮耀的桃園機場 /

　　如果説這世界有一座傷心機場，承載了離別的重量，與必須的割捨，所有珍惜的一切都無法帶走，就此一路飛向遙遠的未知，不知道什麼時候能再回來故鄉的土地，在我心中，它的名字就叫做桃園機場。就在我做了離開台灣，遠走英國的決定後，我萬萬沒想到踏出國境的那一刻，會讓我那麼地傷心欲絕，就算事隔多年，現在想起來，還是會掉下眼淚，那些離別的情景仍歷歷在目，那是我説過最難的一次再見。

　　那時的音樂路已經走到盡頭，我真的山窮水盡了，不需要歸零，因為已經徹底一無所有，再也撐不下去了。我也不知道自己是否還能站起來，還能不能重新出發，灰心喪志的我，像是一個洩了氣的皮球，怎麼也彈跳不起來，開心不起來。就在離開台灣的前一晚，我把最小的妹妹叫來，她可以説是我帶大的，小時候不管去哪裡，我都背著她，我們兄妹感情非常好，不管是在花蓮還是在台北，我們幾乎形影不離。

　　我強忍住悲傷，一字一句的交代：「哥哥要走了，以後沒辦法再待在妳身邊，要好好照顧自己。」身為大哥，我明白年紀最小的妹妹，能夠依靠的只有我，現在我卻要丟下她離開，我們從來沒分開過這麼遠，而且回來的日子遙遙無期，對她而言，她失去的不只是哥哥，而是一個從小到大所倚賴的肩膀與重心，留她一人待在異鄉裡漂流，我有著深深的愧疚與擔憂，她是我最放心不下的牽掛，所有告別的話還沒說完，兩人已經抱在一起痛哭。

　　來到桃園機場，我還記得是荷蘭航空晚上七點半的飛機，我帶著簡單行李，沒有人來送機，對比機場裡熱鬧嬉笑的人們，格外孤獨落寞，我默默跟著人群登機，頭也不回的離開了台灣這個傷心地。因為內心的情感太過翻騰，後來我還特別畫了一幅畫，把當時的心境刻畫下來，舞者把手伸向天空，我想如果我有一對翅膀，就可以飛走，飛到世界的角落，沒有人可以找得到我。

　　正因為遭遇許多與現實對撞的坎坷，成為畫家之後的我，很能理解別人理想的起落，尤其是部落年輕人。來到城市討生活，多數都去當建築工，現在因為許多新移民登陸，他們連這樣辛苦的工作機會也更少了，其中不乏對工藝非常擅長的年輕人，所以我畫作的畫框，都是委託部落青年手工製作的，作工精細，質感樸雅，我很謝謝他們，用一雙巧手讓我的畫成為框裡的主角，也希望透過這樣的合作，讓部落的木工之美能夠走進藝文界。

　　而人生的奧秘來自於它的不可預測，我做夢都想不到，當初那個送走我的傷心機場，竟然對我伸出雙臂擁抱，多年後，受邀在桃園機場，展出「大地的聲音 The Voice Of The Earth」，我想表達原住民是最親

近土地的族群，但在台灣卻長期被忽略。這是個非常重要的歷程，在國際的門面上，原住民以藝術展現屬於台灣的多元文化，關懷土地與族群共生的理念，透過旅人的所見分享而拓展出去。

　　命運之神除了捉弄我，也眷顧我，對於這些戲劇性的起伏，我滿懷感激。繼桃園機場辦完展覽之後，我的畫作與文創商品，入選華航豪華客艙的空中精品行列，看見自己孕育的作品終於登機，心裡充滿了感動，同樣是一個空中飛人，卻是截然不同的兩種心情，當年乘載的是，幾近心碎的別離，現在乘載的是，夢想成真的榮耀，在這座桃園機場，有我刻記最深的情感，對我而言，它是夢的起點，也是家的入口。

　　生命往往有許多笑中帶淚的精彩畫面，就像一幅畫有色彩明暗的交疊，失落與希望總是堆疊著，所以才構成了人生豐富的層次。當一個人走到谷底時，不要急躁，不要灰心，更不要放棄，請把時間軸拉長來看，也許這正是要開始往上爬升的時刻。現在的我，過著侯鳥般的生活，在台灣與英國兩地往返，拜現代科技之賜，我可以每天關心我所愛的家人朋友，就算我遠在愛丁堡，哈哈哈，他們還是可以接收到我笑聲的騷擾，因為現在，我身上長出幸福的翅膀了。

Picture **09**

永遠不要放棄敲門

/ 機會在門敲響那一刻 /

　　2014 年，我第二次受邀 TED×Taipei 講座，還是會緊張，為了這次演講，我還努力健身了三個月，希望上鏡頭可以好看一點，哈哈，沒當成歌手，還是甩不掉偶像的包袱。這兩年來，和很多人一起做了很多有趣又有意義的事，像公益平台文化基金會的嚴長壽董事長，想為花東的孩子種下希望，邀請我去藝術營教孩子繪畫，我一聽同期的大咖有林懷民教舞蹈、蔡國強教藝術、朱宗慶教音樂……不禁懷疑自己是否有足夠能力與份量去教導孩子們？

　　然而嚴長壽先生的一番話，感召了我，他說：「優席夫你別擔心，我看到的不是你現在有多少成就，而是發現你身上的潛質，你可以用在英國那段奮鬥的生命經歷，去啟發部落的孩子們，再加上你有原住民的血統，他們更能認同你所説的。」就這樣，我一教就是三年，以往花東較缺乏經費與資源，投資在部落孩子的專長，但這些孩子們非常優秀，

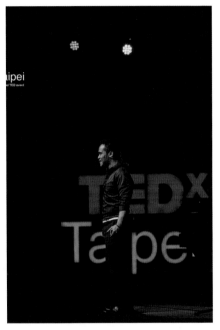

只要輕輕一點，他們的藝術天分就自動跑出來了，我帶著他們從繪畫裡練習思考與表達，雖然害羞生澀，但卻是孩子們培養自信心的第一步。

　　除了繪畫，我也教孩子們英文，其實說英文沒有那麼困難，原住民孩子的優點就是膽量很大，我常說：「英文的程度是和膽量、臉皮厚度成正比的。」透過演戲的方式，讓他們練習說英文，當他們擠出所有可以用上的詞彙，就激發了學習的潛力，一直覺得，原住民的問題，從來不是基因的問題，而是機會的問題，只要我們願意給予機會，爭取機會，原住民的孩子也可以成為台灣的驕傲。

　　就像我待在愛丁堡的日子，我不再向外看，開始把眼光投向自身，隔著重洋萬里，回頭看台灣這座島嶼，正視自己所流著的原住民血統。台灣原住民是南島語系發展的源頭，才體認原住民文化的悠久深厚，才聽見自己內心真實的聲音，然後把這些湧現的靈感與省思，都化為一幅幅自由奔放的畫作，讓世界看見屬於原住民特有的顏色、風景、意象、故事，那就是我所愛的台灣啊。

　　就跟所有的藝術家一樣，在未成名之前，我拜訪過一家又一家的藝廊，希望能爭取曝光的機會，每位老闆都讓我吃了閉門羹，不是要有畢業證書、就是要有相關經歷，連來自亞洲的黃種膚色，也是被拒的原因之一，有的連畫都沒看，就直接叫我滾蛋，沒有一家藝廊願意展出我的畫，這種一而再的折磨，有時會磨光人的鬥志。

　　疲累的我，來到街尾的一家咖啡館歇息，抬頭一看，發現牆上全是掛滿的創作，心想 這應該是前面像我一樣，找不到藝廊願意展出的人吧！但我不在乎，是藝廊還是咖啡館，只要有空間露出作品，我都願

意拼命嘗試。我立刻帶著作品鼓起勇氣，多次被拒絕的經驗，也讓我多少培養了一些行銷小技巧，我向老闆自我介紹，立刻用最快速度把畫拿到他眼前，中間沒有停頓任何讓他說不的時間。

　　結果跟其他人的反應不一樣，他喜歡我的畫，不過他說：「空的檔期只有五天，你願意來展出嗎？」我立刻興奮大叫：「當然願意啊！」，我當場簡直開心得合不攏嘴，一直擁抱著咖啡館老闆，就這樣，我敲了十幾次的門，最後一次終於被我敲響了命運的機會。

　　雖然只有短短五天，卻讓我對生命重燃雀躍的心情，我記得第一

天我偽裝成戴帽子的路人甲，第二天假裝是騎腳踏車經過的路人乙，每天我都換不同服裝造型，偷偷去看展覽的狀況。最後一天，當我踏進咖啡館，老闆跑來拉住我的手，叫我看牆上的畫，天啊！上面貼了整整一排紅點，我的畫竟然賣出了將近七成，我不敢相信眼前所發生的一切，當下感動得淚流滿面，因為我終於可以有多餘的錢寄回家給爸爸媽媽，幫忙繳弟弟妹妹的學費了，我在一個遙遠的異國，得到了前所未有的肯定與認同。

　　人們往往只看見成功的榮耀，卻看不見成功是背後的煎熬所支撐起來的。敲一次門需要勇氣，敲很多次門需要毅力，也許眼前有很多道門關起來，但是如果繼續敲下去，總有一道門會為你打開，然後，它會通往你真正的夢想與使命。這些過程會充滿艱辛與失望，你唯一能做的，就是不要放棄，舉起你的手，用力的敲下去！因為勇者的人生，是靠自己的雙手拚搏出來的。

沒有根的人

/ 找回遺失的名字 /

　　我從小就不是一個喜歡上學的小孩，我想我不喜歡上學的原因，不是不愛學習，而是當年紀小小的我，初次從部落走進了學校，才發現學校其實是迷你的社會，雖然坐在教室裡，它卻對著我築起一道牆。我的個子不高，但原住民的孩子都會被安排坐在最後面，我還記得小四時，全班很多人數學都考了零分，老師只處罰了一位原住民女同學，當大家的面，老師叫她張開嘴巴，把考卷塞到嘴裡面，看著她強忍眼淚那一幕，我當時好難過，好想揍老師。

　　我的五官深邃、膚色黝黑，一看就知道是原住民，即使我用了再多漂白的方法，也改變不了我的外表，就在各種霸凌的言語、挑釁的行為下成長，以前「山地人」、「番仔」就是我們統一的名字，充滿了輕蔑與歧視。久而久之，我也被這樣的對待影響，我討厭自己的外型與血統，根本不認同自己的文化。我把所有的委屈、受傷、氣憤全部藏起來，

Picture 10　沒有根的人

藏在心裡最深的角落。我甚至假裝自己是新加坡的華僑，因為過度自卑而不惜說謊，這一層厚厚的保護色，想保護自己不受傷害，也埋葬了真正的自己。

人如果無法接納真實的自己，就會生病。在愛丁堡當油漆工的時間，那些藏在內心太久的地雷，終於無預警的爆炸了，我罹患躁鬱症，控制不了憤怒和悲傷混在一起的衝擊，因為被情緒掌控，有次在公車上為了遏止抽菸和外國人打架，我任由怒火燃燒，一個打三個，結果被關進看守所拘留了一夜。壓力沒有宣洩，只帶來更多的不快樂，我的人生沒有軌道，像是一台失控的列車，那時的我，並沒有意識到沒有根的人，根本就沒有靈魂。

直到有一天，我的外國朋友問我：「你不是台灣的原住民嗎？怎麼從來沒看你畫過你們自己的藝術？」我才恍然大悟，也讓我重新回溯自己的根源，創作從此脫胎換骨。

還有一位從小一起長大的好朋友馬躍·比吼，他現在是原住民的社運分子，我永遠記得，他曾經對我說：「不管你再怎麼成功，如果不能認同自己的文化，沒有換回自己的族名，還是一個失敗者。」當我們迷失的時候，或許需要的不是安慰，而是當頭棒喝，我覺得認真地把真話聽進去，是打開自己的第一步。

2009年，我回到長大的部落，著手認真地一天到晚做著田野調查，透過拍攝記錄、收集資料、深度訪談，努力去了解那些被我遺忘的土地、歷史、祖先、部族，還有身上所流的血脈，才第一次發現，原住民的文化，是多麼豐饒厚實，多麼值得驕傲。一般人都以為台灣原住民都差不

多，其實這塊土地上總共有十六族，從地理、歷史到語言、文化都完全不同。現場探勘不夠，我還打包一堆文史藏書，帶回了愛丁堡的書房，每天仔細研究這些圖騰符碼、文史典故。我用藝術尋找自己的根，這種感覺像是漂流很久的靈魂，回到了家。

整整花了四十二年的時間，「我是誰？」、「從哪裡來？」、「到哪裡去？」，這些我以前回答不出的問題，我現在可以給自己一個真實的答案，我的名字從為了融入台灣社會的「文雄」，到英國的菜市場名「杰米」，最後正式改回了能真正代表自己的部落名字「優席夫」，它是賜予豐盛的意思。我的自我認同，是我一生花費最大力氣的旅行，人的名字，是他在這世界上的立足點，而我們每個人只要有勇氣站起來，都是同樣的高度，沒有階級的高低，回歸阿美族的生命核心，我終於擁抱了我自己。

一路走來，雖然因為原住民的身分備受煎熬，但來自於漢人和外國人好朋友的幫忙，其實也很多，這些經歷，讓我的心態保持開放。我希望所有人，都能平等尊重的善待別人，正如我的創作之一「蝴蝶」，台灣曾是繽紛飛舞的蝴蝶王國，但現在數量銳減，很像是原住民目前的處境，在台灣二千三百五十多萬的人口中，原住民只佔了五十萬，如此稀少的台灣原生種，是值得好好珍惜守護的。我也鼓勵每個原住民的朋友，經過生命的蛻變，都能以自己的身分與文化為榮，能夠大聲的說出自己叫做什麼名字。

Gallery 2

misanga'an

作品

希臘之境天使降臨

/ 在藍色夢裡學會畫畫 /

　　一直非常嚮往希臘藍頂白牆的夢幻風景，還有愛琴海所孕育的文明與故事，這也許是我心中最貼近天堂的雛形了。在一次偶然的旅行，我和朋友們來到這個傳說中浪漫破表的國度，明亮爽朗的陽光，自由慵懶的氣息，滿溢在這座藍色島嶼裡，我像個孩子，雀躍著感受每個建築、每條街道、每件事物，所帶來的快樂衝擊，這種幸福藍的情境，真的非常容易令人陷入愛河啊！

　　由於適逢當地正在舉辦慶典，湧入許多遊客，我們找了好久，一直找不到當天可以投宿的地方。後來在一個老房舍前，一位老太太指著樓上可以提供住宿，我們一行人立刻連聲說好，連忙搬進這家命運安排的民宿。在那樣的旅遊旺季，只要有可以睡覺的地方，就已經是超級幸運的了，太隨性瘋狂的旅人，往往會踢到沒做計劃的許多鐵板，同時也會得到意想不到的體驗與收穫。

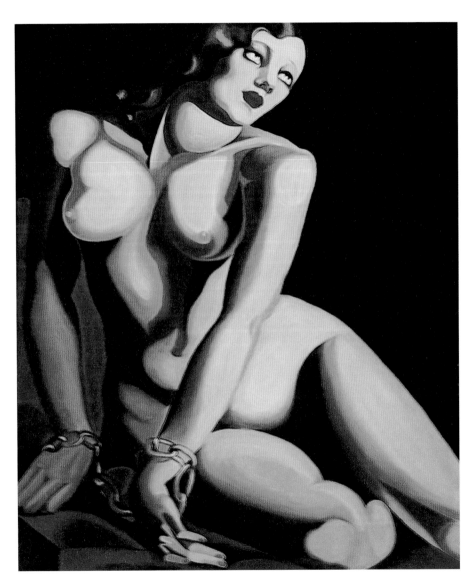

/ 當初在放在房東客廳，被伯樂發現的習作 /

　　也許是白天過於興奮，著迷於感官所接收的各種刺激，消耗了太多精神與體力，晚上我很快便沉沉入睡了。在凌晨三、四點時，我做了一個好真實的夢，無論我怎麼用力，全身完全動彈不得，也無法發出聲音，我心想：「糟了，是住的地方不乾淨，被阿飄壓床了嗎？」然後眼睛一瞄，發現在牆角不知何時，出現了三個約 30 公分高的藍色天使，透出閃耀剔透的光芒，讓我原本躁動緊張的心，瞬間安頓下來，感受到前所未有的平靜與祥和，我放棄了所有的掙扎，開始想要看清楚天使的模樣與動作。

　　說也神奇，三位天使開始在房間的白牆上，輪流教我繪畫，從構圖、筆刷到上色，牆上彷彿出現一道狂野奔竄的彩色河流，沖垮了所有的圍牆與禁錮，然後衝進我全身的血液裡，盛大澎拜的咆嘯著，其中一位天使說：「it's time !」然後就消失不見了，就在此刻，我的身體又可以動了。直到現在，我心深處，知道那不是一場夢，而是一場神蹟，對於領受著恩典與祝福，我深深的感動著，也感激著。

　　從那時候開始，我像瘋了似的愛上繪畫，想要畫畫的慾望，像湧泉般不斷從內心噴發出來。在愛丁堡，當油漆工並不是每天都有案子接，所以只要有空檔，我就是在畫畫，不管是牆、畫布還是畫紙，不管是動物、花朵、男人、女人等等，任何題材我都畫。有次我把房間門打開，因為怕油漆畫著畫著會中毒，房東看到我的畫非常喜歡，便請我在他的客廳，畫上一幅美麗的裸女圖。

　　人生所有的事件像是早被設計好一樣，在房東舉辦的一場藝文派對上，這幅裸女圖被愛丁堡國際藝術節，fringe 視覺藝術的策展人看到，後來我才有機會受邀到這個國際性的舞台上，以藝術家的身分跟大

家見面。從一個出不了道的歌手，到一個落魄出走的油漆工，再到一個野生的畫家，這中間的轉折，充滿了連自己都無法置信的戲劇性。任何人都有命定的課題要超越，都有生命的禮物可以領取。

我記得生平第一張賣出的畫，叫作「吻你每一天」，賣了 75 英鎊，那是一個男人買來送給女朋友的禮物。戀人間的一個吻，盛開了甜蜜的情意，我很開心，因為一幅畫的誕生，可以串連人與人之間的感情，留下一個溫熱的印記。我希望我的畫，可以為別人帶來歡愉、感動或是衝擊、省思，各種能與內心產生對話的交流。從此，我手中的畫筆，再也沒有停下來過。

另外一個激發我無數創作靈感的動力，來自於對家人的愛。來到愛丁堡後，我已經整整三年沒有寄錢回家，身為長子的我，內心感到十分愧疚，因為我的油漆工生涯，收入是不穩定的，而畫畫可以幫忙改善家裡的生活，也可以供妹妹繼續讀書。所以我每天瘋狂的創作，這些大量的產出，讓我持續成長著。

希臘的這趟旅行，是個奇異的恩典，夢想以無法解釋的方式實現，從唱歌轉變為繪畫，我的人生轉了一個好大的彎，過程雖是苦澀，但結果卻是甜美的。

大海就是原住民的冰箱

/ 等待魚回來的那一天 /

　　如果我不是畫家，有極大可能，會成為漁夫，想像自己在搖晃飄蕩的船板上與海搏鬥的姿態，是另一種不一樣的人生。

　　其實阿美族除了是台灣原住民人口最多的一族，也是典型的河海民族，我們棲居在東海岸，對於海洋抱持敬畏之心，大海是餵養我們食物的重要來源，阿美族的分工非常精細，漁撈是男人的工作，撒網技巧更是每個男人必備的技能。

　　在過去，要成為真正的阿美族勇士不容易，除了體能要強之外，還要能歌善舞，打獵捕魚，因為這是阿美族母系社會中，女性擇偶的必備條件，缺一不可。因此男子們在少年時，就會被送到集會所接受嚴格的戰技訓練與漁獵技能，以符合族人的需求，並提高自己的幸福指數。迎向變幻無常的大海，我們的傳統會在捕魚之前，舉行敬神儀式，以酒、

肉與麻糬祭神，祈求平安歸來與順利收成。

　　在我的畫作裡，有許多關於海洋與魚的描繪，這都源自於取之於天地，還之於天地的原民智慧。像是「滿足」，就是在陳述一個知足常樂的傳統，老人説不要一次抓光，拿今天夠吃的三條魚就好了，只要滿足三餐就夠了。花東沿岸阿美族與達悟族群的傳統生活形態，多以漁獵為主，依循著自然生息的定律，只取當日所需，不過度支取，相對於商業主義的豪奪強取，這樣的生活智慧與精神價值實在值得推崇。什麼是夠了？何時才能滿足？老人家傳承下來「三條魚就夠了」的生活智慧，真實地傳達了什麼叫大智若愚。

　　我們常戲稱，大海就是原住民的冰箱，不管是採擷潮間帶的海藻、蟹貝，還是在河海裡捕魚，只要努力勞動，就可以得到大自然恩賜的一餐，而且保證絕對健康新鮮。也堅持捉大魚，放小魚的原則，讓魚群可以長大繁衍，這樣大海的冰箱，才會永續的豐盛，不會有被清空的一天。保育的概念一直在原住民的生活裡落實著，對我們來說，節制是一種美德，也是一種回饋。

　　近來發燒的警訊，如果人們再不節制濫捕魚類，再過四十年，人類將面臨沒有海產可吃的困境，更嚴重的是導致整個海洋生態平衡的瓦解，當人們過度消耗海洋資源，被浪費的慾望填滿。回過頭來，深思原住民「三條魚就夠了」的智慧，或許是個值得參考的指標，人類必須為地球與大多數的生物存亡負起責任，我很希望透過藝術創作，讓大家更關注海洋保育的議題。

　　我非常喜歡台灣的離島，有著與世隔絕的風情，其中一幅作品「女

人魚」，就是在描寫蘭嶼。它是個離島的美麗境地，住在島上的達悟族人以捕魚為生，而且相信每年春天定期游來的飛魚，是上帝特別賜給他們的厚禮，因此對魚有相當嚴謹的敬意與吃法。味重質硬的給男人吃叫「男人魚」，質細甜嫩的給女人吃叫「女人魚」，男女有別一點都不馬虎。陽剛與柔軟，從吃魚的文化就能充分感受，別有一番生命的哲理。

所有臨海的原住民，都有樂天知命、真誠開闊的海洋性格，我有一幅作品是獻給蘭嶼的「螢光」，生物學家們不斷在蘭嶼海域發現奇特的魚，聽說還會發光耶，藉以突顯蘭嶼與核廢料共生的困境，從魚罐頭變成核廢料，讓以海維生的蘭嶼人被迫沒有選擇。創作除了表達愛，有時也表達憤怒，我們應該把力量聚焦在能夠做出正確改變的關鍵點上。

身為一名海洋的子民，我熱愛著這片包圍島嶼的湛藍，那是所有生命的泉源，什麼時候，我們可以回到，那個自給自足的年代？什麼時候，我們可以學會，結束沒有上限的慾望？我期待有那麼一天，陽光溫暖，空氣新鮮，海水清澈，我等待，魚回來的那一天。

孩子的真心畫

/ 小樹們，是需要用心灌溉的 /

　　部落的孩子就像是一棵棵小樹，需要用心灌溉，我那麼喜歡畫畫，是因為繪畫是藏不住真心的，說不出口的話，埋藏的秘密，壓抑的喜怒哀樂，都會在畫紙上顯現。每年回台灣，我花了很多時間，來到不同的部落，教原住民孩子畫畫，透過畫筆的導引，孩子們踏進了新的世界，我也走進孩子們的內心，這一進一出，是信任的培養，卸下了築起的高牆，愛開始流動著。

　　我記得有次到八八風災侵襲過的那瑪夏，聽說那時孩子和老人最先被救出來，那些被災難遺留下來的孩子，在收容所無助等待著父母或親人的遺體被送出，轉瞬之間家就沒了，失去至親的遭遇，在心裡留下了難以撫平的傷口，即使他們未曾用言語表達出來，我覺得藝術是最好的療癒途徑，不管是用畫畫、音樂還是文學，可以和心真正的對話。

　　後來，我們在克難的環境上繪畫課，校車其實是一台發財車，沒有桌椅就在地上畫，我鼓勵孩子們，從生活裡的細節去畫，石頭、漂流木、樹葉等等，都是他們取材的來源，當他們重新為乘載一切的這塊土地著上顏色，就像為心裡的傷痕點亮曙光，透過一筆一畫的修復，內在的力量就慢慢湧現了。

　　有次在長濱國中教畫，我一向的原則是，只要發揮想像力，快樂的畫畫就好。我們為這群孩子，辦了部落有史以來的第一次展覽，雖然資源匱乏，沒有錢買展板，還是用曬衣繩掛上孩子們的作品展出。那天不只孩子們的家人來了，幾乎全村的人都來參觀了，場面非常熱鬧溫馨，那天孩子們的笑容，其實是我心中最動人的作品。因為反應很熱烈，後續又為司馬庫斯的孩子，在新光國小辦了台灣最高的森林畫展、在石梯坪的緩慢民宿，為海邊的孩子，辦了「袋來希望」的彩繪展覽。

　　在這些過程中，我看見原住民孩子成長的艱困，很多家庭為了經濟因素，父母親必須出外工作，把孩子託給老人家帶，或是單親家庭分身乏術、疏於關心，或是長期籠罩家暴的陰影等各種問題，這些都會讓孩子把自己封閉起來。如果部落要翻轉，我想必須從教育開始，而教育必須從打開孩子的心開始，這樣他們才能樂於接受並吸收新的養分。

　　其中，讓我印象最深刻的，有位小女孩畫了一隻髒髒黑黑的腳，踩在田地裡，用色獨特強烈，一眼就抓住了我的目光。輪到她發表時，她害羞靦腆的說：「很多人都說阿嬤的腳很髒，又髒又黑的，可是對我來說，她的腳是全世界最美的！因為那些留在阿嬤腳上的污泥，是下田工作所留下的，那些佈滿的皺紋，是阿嬤經年累月為了照顧我所留下的辛苦痕跡。所以對我來說，她的腳是最美的，所以我把它畫下來，因為，

只有阿嬤給我愛！」我當下太感動了，必須先離開跑去廁所哭完，才能
繼續回來上課。

　　還有一位小男孩，畫了一棵大樹，樹枝光禿禿的，只剩兩片葉子
掛在樹梢上，他說：「大樹是阿公，他和哥哥是那兩片葉子，他們家只
剩阿公在照顧他們，所以兩片葉子常常陪樹說話。」我當場又是一陣感
觸湧上心頭，這些畫，畫的都是愛啊，是那種脆弱與堅強、辛酸與甘甜
混雜的愛，是充滿生命力的動人創作，只要好好栽培這些孩子，他們會
有多麼值得期待的未來。

　　還有一位小男孩，在台上介紹完自己的畫作，校長滿臉驚惶的跑

來，貼近我耳邊：「你知道你剛做了什麼嗎？」，我完全狀況外，「這孩子有自閉症，這是三年來他講過最多的話！」我非常驚訝，因為那孩子表達得很自然！我也為自己有機會貢獻小小心力感到感恩。有時候，我們的一句鼓勵、一個肯定，就可以對別人的人生產生影響，而這樣的正面循環，可以透過不同的人一直接力下去。

　　教了這麼多的孩子，我發現原住民孩子的藝術天分是很珍貴的，因為每時每刻都與大自然相處，大自然就是最好的老師啊！教學過程也讓我重溫了童年，我最常去老家後面那條無人小徑，放眼望去，是一塊塊方正的稻田，春天插滿翠綠的秧，秋天搖晃金黃的浪，再更遠處，是被雲霧包圍的山脈，美得宛如置身夢境。我希望孩子們能永遠記住自己故鄉的面貌，我曾不惜一切翻山越嶺，要去外面的世界闖蕩，未來，我願意不惜一切飄洋過海，回到故鄉落葉歸根。

笑著就是活著

/ 笑是解決所有問題的答案 /

　　我是一個笑點和哭點都特別低的人，我想是因為身為創作者，對於周遭所有環境或情感的波動，都特別敏感的關係，畢竟覺察與啟發，通常都藏在日常事物之中。肆無忌憚的笑聲，應該就是我的正字標記吧，有時候人還沒到，流竄的笑聲已經先報到，聽到笑聲，大概就可以辨識我的方位所在，我的朋友們常告訴我，初次見面，我放肆的笑聲是他們留下最深刻的第一印象。

　　其實我們原住民的天性，本來就藏著愛笑的基因，任何一點小小的歡樂，都會被我們放大，加上輪廓突出，明眸皓齒，笑起來多麼迷人，不笑太浪費了，像顆熱辣辣的太陽，可以融化任何冰淇淋啊。能笑是一件非常美好的事，但若是皮笑肉不笑，那樣太不真誠、太虛偽了，所以除了發自內心的快樂，常常注意怎麼笑得自然，笑得好看，也是笑的重點。

　　嚴格說來，笑也能算得上是一門藝術，這堂有趣的笑容課，乾脆叫作「哈哈功」好了，搞不好未來我可以考慮開班，來教大家如何笑得燦爛，笑出自己的風格，也許蠻多人會想報名的。賣笑這個生活化的課題，很值得好好推廣，國外甚至還有研究，笑是健康的良藥，可以治病，療癒內心，我覺得，笑是人臉上最美的線條。

　　一直覺得，現代人越來越疏離冷漠，緊張忙碌的節奏，常讓我們忘記在臉上掛著笑容，久而久之，就出現了笑不出來的撲克臉。其實笑是送給別人最好的禮物，又不用花錢，它是最容易打開心門，讓人感染正面能量的方式，你的一個笑，可能就是一個開關，開啟了讓自己和別人都幸福的秘密花園，所以我的創作裡，常常畫出各種人不同的笑容，微笑、捂嘴笑、相視而笑、開懷大笑……每個笑，都像是開心的催化劑，拉近了人與人之間的距離，人生不管遇見什麼樣的挫折，笑充滿了積極的力量，是解決所有問題的答案，因為笑著，就是活著啊！

　　在部落生活裡，我很常被開朗滿足的笑聲圍繞著，像我的一幅作品「開懷」，就是想要傳達阿美族是台灣原住民族群公認中，最熱情最愛搞派對的族群，由生活延伸至婚喪慶典，無不以歌舞的形式來進行。有別於刻板禮教約束東方女性的羞怯形象，阿美族的女人是可以毫不矯情開懷大笑的，充滿自由奔放的新女性精神，用歡笑享受當下、享受生命，這也是祖先所留下的幸福哲學。

　　作品「有樹真好」、「自然 high」，詮釋風在吹、鳥在唱、有樹真好，我們被大自然的風景擁抱著，捨棄多餘的慾望與煩惱，才發現笑的源頭，其實就是簡單生活，過濾了那些煩擾的雜質與混亂，用一種清明自在的態度，笑著過每天的日子。而「什麼事這麼好笑」、「笑兩

個」、「你在笑什麼」，也都是以周遭的親友為畫裡的主角，描繪出樂天淡泊的原民性格，部落鄰里常常天南地北的閒聊，就能聊開笑到很誇張，連眼睛都看不見、笑出眼淚了，在原住民的生活裡，對於開心這件事不會斤斤計較，連快樂都要是加倍的，笑一個不過癮，要笑兩個才夠。

我很喜歡每張畫裡的笑容，也很喜歡笑著的自己，甚至會覺得，笑是一種超能力，雖然有時朋友們常被我洪亮的笑聲給嚇到，我覺得笑是人們傳遞愛與溫暖的媒介，我希望在我的創作裡，除了放入生命的輪廓、生命的顏色，也放入生命的笑聲，畢竟藝術真正展現著創作者的特質與價值觀，如果能夠為陷入低潮的人帶來鼓舞，每個人看著畫，都能會心一笑，都能聽得見那迴盪在心靈裡的笑聲，那麼對我來說，就是最有影響力的作品。

指甲上的創作

/ 女人是彩色的 /

　　色彩之於畫作，就像花朵之於大地，大自然的色彩千變萬化，原住民採擷大地的顏色，或是鮮豔飽和，或是質樸淡雅，大量應用在傳統服飾上。原住民是把所有顏色用到最極致的一群了，每個部族都有沿襲下來的代表色，不同的色彩藏著不同的能量，原住民對於顏色的使用一點也不低調，我們習慣用顏色展示自己的身分，自己的驕傲。

　　我在畫畫時，喜歡不按牌理出牌的色彩搭配，誰說天空就一定要畫藍色，太陽一定要畫紅色，對於顏色，我一直嘗試顛覆的玩法。結果沒想到，出現了一個非常有趣的產品開發計畫，因為看中我用色大膽強烈，深具戲劇張力，「以斯帖文創」邀請我擔任指甲油系列的色彩設計師，和演藝圈知名的美甲師小蘭一起合作。於是，我的創作又再度跨界，從藝術圈跳到時尚圈，從畫紙跳到指甲上，這都要感謝一位奇女子的賞識。

　　親和力、戰鬥力超強的俞妙姐，是「以斯帖文創」的創辦人，也是一位原住民的媳婦。在這之前，她擔任檢察官長達十五年，後來在神的祝福下，離開檢察官崗位，和老公一起投入都會原住民的服務，善用他們法律的專業，成立「都會原住民法律諮詢中心」，為不了解法律權益而居於弱勢的原住民提供各種服務。而創立「以斯帖文創」，則是希望讓部落婦女學習美甲的技能，能獨立自主，做著一份發揮自身藝術天份的工作，這也是我答應合作其中一個很重要的原因，因為支持一位部落婦女有一技之長，就等於支持了一個家庭。

　　自古以來，指甲油就是皇室貴族專屬的奢侈品，有著各種神秘的傳說，據說在埃及豔后的墓室中，發現一個化妝盒記載著「塗上處女指甲油，以便通往西方極樂世界」。在古埃及還有嚴格規定，只有國王和王后的指甲，才可以染深紅色，平民只能染淡色等等的有趣典故。然而來到現代，指甲油成為愛美女人的必需品，也是接軌主流時尚的工具，甚至可以彩繪指甲，設計小巧漂亮的圖案。我在思索，如果能透過一瓶瓶的指甲油，注入原住民的色彩密碼，那會多麼特別，多麼有型，於是我大量蒐集史料，希望用美感的潮流催化出新的元素。

　　這個系列專為時代新女性量身訂製，每瓶指甲油裝的不只是迷人的色彩，還有獨特的內涵與故事。其中，泰雅族以紋面及精湛的織布技術最為著名，紋面是對貞潔、善於織布的賢能女子，所賦予的美麗印記，當男人出去狩獵時，女人就成為持家護土的中心。紅色是泰雅族的最愛，紅色代表著維繫生命的血液，也代表著強韌的力量，所以設計了荳蔻紅，來展現堅毅婉約的女性特質。

　　達悟族世居於蘭嶼，島上最美的身影就是女性烏黑亮麗的長髮，

/ 林俞妙 _ 以斯帖文創　創辦人　/

甩髮舞是蘭嶼的傳統舞蹈，有祝福父母、長輩健康長壽的意思。排列齊舞時所散發的磅礡氣勢，令人難以忘懷。而島上的居民因地勢之故，多以有著紫色厚實外皮的小芋頭為主食，它象徵著土地的豐饒，就像女人猶如大地之母，能夠賦予下一代生命力，所以設計了尊貴的紫色，來歌詠女人為愛生生不息。

　　而邵族長居於山明水秀的日月潭湖畔，過的是世外桃源的漁獵生活，著名的「杵歌」，就是邵族女性在湖畔打穀物時，邊哼邊敲擊所傳唱的天籟美聲。用水來形容女性最為貼切，因為水可以溫柔纖細，也可以澎湃激昂，就好像湖鏡一方，倒映著藍天的色調，所以設計了月光寶藍，來詮釋女性的清麗柔美，與萬物共生的和平意識。

　　這麼多的設計概念發想，無非是想讓大家看見，一種指甲上的文化，把台灣鮮豔爭鳴的顏色，彩繪在女人的纖纖雙手上，翻轉傳統、、活化創意，創造美妝時代的流行。精研了原住民各族的色彩，把鮮豔欲滴的顏色融入了手的語彙，讓女人透過指甲訴說心情。這個案子，讓從來沒塗過指甲油的我，挑戰經驗之外的新奇事物，獲得很大的成就感，也一窺時尚產業的脈動與趨勢，讓所有的女人都變成彩色的。

16

誕生生命的藝廊

/ 大地之母特展 /

　　所有的藝術，都是從生命的經歷而來，都和人的各種狀態息息相關，能夠走入生活化，讓更多人能夠親近藝術、愛上藝術，是我創作的動力之一。因此在許多展覽的合作上，我不受限於傳統畫廊的形式，希望挑戰作品與空間所撞擊出的創意，也很珍惜一路上很多貴人給的機會，像是化妝室的特色展覽、民宿的天台展覽、森林的公益畫展，不僅限於繁華的城市，還有遙遠的偏鄉，都能看到我在當代原民藝術試圖創新的展覽，也讓觀賞者有跳脫傳統看展的新鮮感受。除了作品以外，所展示的空間，我也視為是創作的一環，因為每個展場，都擁有自己無可取代的氣味與氛圍。

　　其中，有個很特別的展場，讓我印象十分深刻，那是位於新竹的「愛上藝廊」。它大概是我這幾年來合作過的私人藝廊中，最美、最氣派、也最有意思的一個了，你很難想像在一家帶來幸福的生育診所裡，

竟然也有媲美美術館格局的展覽空間。負責人是我的收藏家好友 L 夫婦，是在我 TED×Taipei 演講時認識的，他們熱愛藝術文化，也希望在全新的整棟診所裡，能讓人有溫度與美的感覺，乾脆就在大廳設置了一個非常具有安藤忠雄風格，親水模的藝術空間。

一走進這個偌大挑高的場域，大面窗牆的明亮光線，讓人心情變得愉悅起來，耳邊響起古典雅緻的音樂，搭配為數可觀的世界級藝術家作品館藏，常讓人誤認為是走進了精品旅店或是高級咖啡館，它就這樣安安靜靜，溫潤有味的座落在新竹市區，可以讓人在裡面好好遊逛、細細品味，時間的流動彷彿暫停了下來，新竹的朋友真的太有福氣了，喜愛藝術的朋友們，有空可以來體驗看看。

我一直覺得，醫院裡最美好的地方就是嬰兒室了，不管再怎麼低潮，看見寶寶們天真無邪的模樣，煩惱立刻蒸發。沒想到我的畫展，可以在這個專門迎接寶寶誕生的診所展出，簡直充滿了純真的夢幻感，我特別規劃了「大地之母」的畫展，還有相關的文創商品，注入動人意義，主題詮釋的是—「大地的母親，我將妳流下的淚水，化成繽紛的顏色，但願妳從此，不再流淚。」

在二十一世紀，大舉開發的經濟活動，人類對於地球的破壞，就像對母親周而復始的傷害，而且這樣肆無忌憚的後座力，是無可挽回的，在追求高獲利、快速度的商業追逐下，我們是否應該停下來，好好檢視這個世界，到底是比較需要一座森林，還是比較需要一座遊樂園？畢竟我們只有地球一個母親，一旦崩壞了，就永遠沒有了。

「大地之母」畫展的開場表演，邀請了賀連華老師帶領的精靈幻

舞舞團，他們長期耕耘台灣表演藝術舞台，專精於非主流的佛朗明哥創作領域，演出作品常融合芭蕾、現代舞、佛朗明哥和台灣本土創作，呈現如夢如幻的精靈之美，帶給觀者深度共鳴的感動。因為適逢母親節，我也特別帶了媽媽一起來參加，盛裝打扮的媽媽，在展場裡仔細看著我的每一幅作品，我想，這份母親節禮物，會比任何金錢都來得更具價值，謝謝她孕育我的一切。

　　除了展覽，我也在這裡舉辦了「愛上藝廊」的藝術講座，現場溢滿的席位，讓我受寵若驚，有人甚至從外縣市遠道而來，誰說新竹是文化沙漠。會後有人過來要跟我擁抱，或是流眼淚、講心事、分餅乾、寫詩送我，滿滿的心情回饋，讓感性的我收穫好多，我想，這裡是小嬰兒誕生的搖籃，也可以是讓大人重生的殿堂，因為藝術，可以讓人的心卸下武裝，煥然一新。

　　我還是那個永不設限的我，做很多事從來不會思考得與失，或是汲汲營營計較太多，因為我相信，現在的每一個努力，都能夠串連起未來。腦海裡浮現會後每張微笑的臉龐，那是最真實直接的反應，也是身為創作者，最珍惜的互動。那天晚上回台北後，走在路邊等紅燈，思考這件事的價值與意義時，綠燈，就在這時突然亮了！我想，這是老天給我的信號，我會繼續堅持往前走。

秀出自己的文化

/ 創作是連結心靈的工程 /

　　藝術擁有奇妙的誘發力量，每個人看到同樣的一幅畫，會反射出不同的內心，有一次，我待在畫廊裡，那是一個平日的下午，人比較少，有位小姐獨自一人靜靜的看畫，在偌大的空間裡，她突然在畫前啜泣起來，我心裡很納悶，那明明是幅彩繪歡笑的畫作啊，等到她比較平復下來，我默默的靠近她：「妳還好嗎？」，然後她告訴我：「看著你的畫，我才想起來，我已經很久很久沒有那樣開懷地笑了！」，我當下親身感受到藝術的影響力，有時候，讓人流淚也是一種療癒。

　　創作是連結心靈的工程，一邊往內挖掘，一邊往外打開，我一直覺得，藝術不是關起門來自己欣賞，或是站在一個至高的位置，被遠遠地瞻仰，它應該拉近距離，和人並肩在一起。所以除了以展覽的方式和人們進行溝通，我也渴望透過各種跨界的合作，穿越形式的藩籬，更容易理解與親近。藝術是因為生命而誕生，它可以存在每天的生活之中，

像是穿的衣服、用的杯子、寫的卡片等等，是一幅幅讓心靈憩息的小片風景。

　　在 2015 年春夏，我的作品從畫布躍上了服裝，非常榮幸與原住民潮流服裝名牌「花生騷」聯名合作，他們是一群滿懷壯志的部落青年，致力融合原民文化與創意潮流，開發的「拿～麼美」系列，以「環保、和平、愛與時尚」為主題意象，原住民在形容非常、超級時，會以「拿～麼」加上形容詞來表達，這個活潑又好記的名字，想要詮釋的是美的極限。我所認為的美麗，除了外貌的直接聯想外，它所能放大的意義就是愛與和平，包含人與人之間、人與土地之間、人與自己生活環境等密不可分的關係，其實，美就是各種關係的和諧。

　　衣服能夠展現一個人的觀點與品味，我很喜歡將文化穿在身上的感覺，這是充滿觸覺的藝術轉化。在「回歸自然」美展開幕派對上，希望能讓圖騰文化更融入生活，我們盛大舉辦了一場原民大人物之很會時尚派對，當天會場十分熱鬧，可以用擠爆來形容，長長的人龍站滿會場，場控還要現場喬出伸展台動線，很多朋友都沒椅子坐，讓我非常過意不去，但也很感謝這些來自不同國籍、族群的觀眾，願意敞開心胸來欣賞。

　　開場由「旮亙樂團」的少多宜團長，用阿美族竹笛與傳統古調，為這場特別的晚會祈福，樂音悠揚感人，讓聊天喧嘩的現場頓時平靜沉定。「旮亙樂團」是一支透過敲打來傳遞阿美族傳統，用歌聲來激盪文化感動的打擊樂團，「旮亙」指的就是竹鐘，是阿美族傳統婚禮中，女子招贅時用來報喜傳訊的用具，以旮亙來命名，象徵報喜訊、傳承與發揚傳統的使命。他的演出，蘊含了歲月的重量，讓所有人彷彿被古老的智慧洗禮一般。

　　接著卑南族歌姬紀曉君，宛如天后降臨，為大家帶來一曲神話，踏著祖先的步履，她以高亢激昂的嗓音，唱出壯闊美麗的夢，讓所有的觀眾聽得如癡如醉，也揭開這場時尚秀的序曲。由鄒族女歌手安歆澐率軍登台走秀，這些所有擔任演出的模特兒，都是來自部落的帥哥美女，輪廓鮮明，每個都是天生的衣架子，他們身著設計衣款，搭配傳統頭飾，在原住民第一位專業女 DJ Sumay 舒麥，播放原民風組曲襯托下，野性美的氣勢震攝全場，所有的鏡頭幾乎是以秒殺狀態瘋狂拍攝著，全場掌聲與歡呼不斷，那是個華麗豐碩的夜晚，我們做了一次非常成功的另類行銷。

　　台上模特兒的表情，充滿著對部族的驕傲，台下看秀的氣氛，洋溢雀躍歡欣，我們用一個服裝秀的狂歡慶典，顛覆了藝術的框架，串連了素不相識的人們，一步一腳印的把台灣在地原民美學，讓更多人可以體驗。那天的我記得，每一張友善的面孔，感覺被愛與祝福圍繞著，最讓我感動的是，爸爸媽媽特別從家鄉趕來，盛裝出席，這是他們生命中第一場看過的服裝秀，世界就是個大舞台，而我們可以抬頭挺胸秀出自己的文化。

不會説話的動物們

/ 所以我決定幫牠們説畫 /

　　在文明世界裡，人類過度的捕獵動物，不管是陸地上跑的、海裡游的、或是天空中飛的，人們任由私慾無限膨脹，像是吃魚翅、取熊膽、盜象牙等等殘忍虐殺動物的行為，不但顯露人性的貪婪殘暴，也把地球上的生物資源無上限地消耗掉。在原住民的狩獵傳統中，我們守護著自己的獵場，把動物視為神聖的食物，只取夠家人吃飽的，也從不以虐待動物為樂，因為動物與森林，才是這塊土地最早的原住民。我常常在想，如果有一天，地球上所有的動物都滅亡，只剩下人類，那不是太可悲孤單了嗎？

　　茂密的山林，就是原住民小孩捉迷藏的遊戲場。野生的畫家小時候常常會邂逅各種野生的動物，像是樹蛙、猴子、野兔、松鼠等等，有時甚至會遇到大冠鷲、蝙蝠、山豬、龜殼花，對於動物，我有一份特殊的情感，和牠們一起長大，總覺得牠們的長相非常親切討喜，就連最兇

猛的動物，也有牠獨特迷人的地方。動物是這世界上最正直的殺手，牠們只為了生存而獵殺，仔細研究各種動物的習性，會發現生物鏈上的弱肉強食，而每一種天敵，都沒有人類那麼壞，那麼不知節制。

因為動物們不會說話，無法捍衛自己的動物權，看了這麼多令人傷心的動物悲劇，我決定幫牠們說畫，用我筆下的創作，希望能讓更多人能夠注意到這個沉默的議題。用愛關懷動物，守護牠們幸福在地球上生活，我先從許多流浪動物畫起，像是狗和貓，平常和人類最親近的寵物，我喜歡用很鮮豔的色彩，表現牠們的生命力，那是我最想看到牠們的樣子，快樂明亮、生氣活現，也透過畫作提出呼籲，我們常常憑一時的衝動，養了寵物後，因為沒有時間或是居家空間不適合，就把寵物任意丟棄，要知道，養寵物是必須負起責任的，因為牠跟了你，就是一生一世，牠們有情感，需要被好好照顧，好好陪伴。

在我所有的動物畫，其中有一幅很特別，我只用了黑白筆觸，畫的是一隻台灣黑熊，一來我覺得牠很酷很強壯，很能代表台灣憨直溫厚的精神，二來因為台灣黑熊目前已經被列入瀕危等級，藉以突顯死亡的逼近。台灣黑熊是只有台灣才有的特有亞種，因為牠們無法越過台灣海峽，所以就在這塊土地上產生獨立的演化，是彌足珍貴的原生物種，牠不僅是台灣森林裡的原住民，也是極具意義的精神象徵。禁止非法獵捕與減少棲地開發，都能幫助台灣黑熊繼續活下來。

我想是念力的吸引，非常湊巧的，就在 2016 年，來自新光三越百貨的邀約，讓我參與了國際保護亞洲象的公益彩繪活動，這項活動源起於歐洲，活動發起人 Marc 及 Mike Spits 在泰國親身經歷的真實故事，他們在清邁邂逅一頭因踩到地雷而失去右前肢、名叫 Mosha 的殘疾小

象，為了幫助 Mosha，同時也為喚起大眾對於世界僅剩三萬五千隻亞洲象的關注，於是舉辦了全球最具規模的大象雕塑藝術展「大象巡遊」，在世界各地巡迴展演，小象們的足跡走過了倫敦、米蘭、新加坡、加州、香港等 16 個國際城市，全球超過一千多位藝術家、設計師與時尚名人共襄盛舉。

　　我本身非常喜愛大象，也希望能為牠們的處境盡點心力，於是一口答應，在忙碌的工作狀態，硬擠出時間來彩繪這隻阿美象，甚至要上飛機回英國之前的三個小時還在創作，還好感謝幾位天使們前來幫忙，終於克服萬難順利完成。在這件作品，我注入了太陽、風與海浪，分別代表阿美族的熱情動力、浪漫情懷與寬闊胸襟，詮釋台灣原住民尊重大自然、生生不息的生態文化，也提醒這個世界，人和動物都是造物主的心肝寶貝，大家要一起同心協力保護牠們。

　　人類和動物，其實是生命共同體，我們應該彼此相愛，參與「大象巡遊」的藝術展，從其他的藝術家的視野與表現，讓我獲得許多學習與啟發，這個阿美象的作品，在 52 隻台灣知名藝術家創作的大象群中備受青睞，入選為展覽活動的主視覺形象，我非常驚訝並且深感榮幸，但更重要的是，透過藝術創作，我們想要喚起人們的善良，要以同理心，去對待不同的生命，尤其是那些無法為自己發聲的動物們，牠們是這個地球上最天真可愛的存在。

發聲的意義

/ 我聽見自己的聲音 /

　　如果人無法為自己發聲，或是發聲的權力被剝奪，將是這世界上最可悲的事，因為失去表達言語的自由，我們如何讓別人認識，真正的我們是誰、我們在想什麼。尤其是原住民的文化，多是透過口語傳頌代代相傳，我們沒有文字的記載，可以供後世追尋溯源，一旦母語斷鏈，就等於原住民文化的滅絕，所有祖先們所流傳下來的智慧與道統都會消失，而成為世界上被遺忘的部族。

　　這些種種歲月的禁錮，深深影響了我的創作，我有一幅很重要的作品「Can't Speak 說不出」，就源自於我童年的記憶。小時候，大概是國小的年紀，正是一個孩子人格養成的時期，因為政府推動說國語運動，學校就從語言上進行管制，我們不管是上課或下課，都被禁止說自己的母語，不然就會被罰錢，或是被貼上不愛中華的標籤。最後，我們的美麗就像說不出的苦楚一樣，變成了一場文化浩劫，到現在都救不回

來，這是一個很深沉的故事，說母語就像我們呼吸、喝水一樣自然，硬被現實的環境切割捨棄，是非常痛苦的過程，它驅逐的不只是一個孩子所熟悉的母語，更貶抑了對自我文化的理解與認同。

　　放眼世界各地對於原住民的入侵，所有外來統治者的霸凌，都是從語言的切斷開始，這種手段近乎於文化上的一刀斷喉，那是全世界原住民共同且悲哀的處境。當母語消失了，延續族群的脈絡記憶也會跟著消滅，沒有文化的人，就等於沒有了靈魂。這也是「Can't Speak 說不出」，被選為 2010 年倫敦 Candid Art Gallery，Ban Dao 亞洲藝術獎聯展主視覺形象的關鍵原因，因為它突顯了全世界原住民說不出口的困境。藝術家雖然無法上前線作戰，但可以用畫筆當作武器，以最沉默的藝術力量，為所有被歷史與強權箝制的原住民發聲。

　　我想透過我的作品向世界說話，說出那些曾在內心巨大轟鳴的聲音。作品「漂流木」瀰漫藍鬱厚重的色調，畫的是一位原住民勇士，用力舉起自己的命運之杖，漂流木可以選擇繼續飄蕩，也可以選擇決心捍衛，想詮釋的是，我們在過去，一而再、再而三地，被不可抗拒的時代洪流，逐出屬於自己的家園，沒有根的際遇，就像漂流木一樣游移不定，無法安身立命，但現在我們決定不走了，因為這原本就是我們的土地啊！

　　「我聽見自己的聲音」是作品中少數一幅自己的自畫像，雖然我都會跟大家半開玩笑的說，這幅畫有美化的嫌疑，不過這的確是經歷內心對自我價值與文化認同掙扎後，所賜予的一份生命禮物。走過人生四十二個年頭，我終於可以聽見自己的聲音，然後把這樣優美深厚的原住民文化傳達出去，我的心底，不斷湧出平靜的驕傲，對於我的阿美族

出身坦誠接納，勇敢擁抱了真正的自己。

　　當經年累月被壓抑的憤怒，從創作裡找到出口之後，我想藝術家的作品，在表達時代的觀點以外，能帶來愛與希望，我覺得那是除了批判以外，更需要被彰顯價值的東西。所以作品「希望」裡的孩子，代表的就是我們的下一代，他們有著明亮湛黑的雙眸，有著身為人一樣平等的自信微笑，我們能夠守護他們不再重蹈曾被打壓的過往。孩子就是生命的希望，他們能夠接下祖先的託付，繼續傳承原住民的文化，就像我曾畫過的「聖火」，我們要把那些美麗的歌謠、舞蹈還有精神，一直傳下去。

　　在 2016 年 8 月 1 日的原住民族日這天，小英總統代表政府向原住民道歉，這四百年來盤根錯節的侵略歷史，導致住在這座島嶼上的原住民，成為最大也最弱勢的受害者，我們在一場又一場的武力戰役、政治迫害中，犧牲了無數族人的生命，失去了世代立足的土地，也遺失了祖先留下的傳統文化。我期盼見到，除了正式道歉以外，政府能夠在實質的立法與政策上真正落實，讓所有的不公平都能到此為止，讓原漢之間，能一起消弭偏見，重新修復關係，多元文化在這塊土地上和諧共生，那才會是台灣最善良最美好的樣子。

車站裡的臉

/ 每個停頓下來的快樂逗點 /

　　跟我比較熟的朋友都知道,我是個很沒有方向感的人,不會開車也不會搭捷運,因為那些密密麻麻的路線,好像無字天書,完全超出我的腦容量所能負荷的。我比較常搭乘的交通工具,應該就是計程車了,因為不但可以省去迷路的困擾,還可以和司機先生天南地北地聊,他們有很多各式各樣的情報,不管是人氣美食、私房景點,甚至是政治生態、娛樂八卦等等,總是幫助我能夠很快進入每個城市的脈動之中,對我而言,司機先生就像是地下的觀光大使。

　　就像有一回到倫敦出差,馬路上跑的計程車,像是一部部老古董,優雅古典的造型與流線,就給人難忘的第一印象,除了傳統紳士的黑色,還有各種鮮豔的顏色,有些還在車身上,漆滿視覺強烈的圖像與文字。這些會動的標誌,是倫敦經典的風景,深刻傳達了倫敦的魅力,據說這裡的計程車產業,歷史已經超過百年。而那次在 SOHO 區看到的

絢爛夜景，也讓人讚嘆公共空間與沿路商家的燈光設計，完全交融而且各自精采，這座城市的藝術美學無所不在，不僅存在於王公貴族的歐式城堡裡，也活躍於平民百姓的街道巷弄中。

　　每次回到台灣，我都是以計程車代步，大家都跟我說，台北捷運很發達，許多觀光客都是搭捷運自由行，身為台灣人怎麼可能不會搭呢？為了爭一口氣，在 2016 年，我終於和另一個路痴好朋友，也就是阿美族女歌手阿洛，兩人攜手展開第一次台北捷運初體驗，這座龐大複雜的

地下迷宮，對我來說，簡直就是邏輯力與記憶力的大考驗，從研究要坐哪一條線，要坐到哪一站，到機器前面投錢換代幣，就耗掉我們好多時間。但人生好歹要嘗試這麼一次，在這個人潮洶湧的交通動脈，體驗台北都會通勤族的日常生活，最後我們靠著自己的力量到達了目的地，兩人興奮地抱在一起，真是超有成就感的一次大眾運輸體驗。

　　不過，我怎麼也沒想到，有一天我和台北車站會碰撞出奇妙的緣分，2016 年台北世界設計之都改造計劃，捷運高鐵轉運站公共空間藝術，當代原民藝術獲選入列，六月中旬正式在台北火車站公開亮相，這個喜訊讓我非常振奮，努力推廣了那麼多年，終於看到這樣的結果，有種想哭的感覺，我很感謝那麼多人的成全，願意給台灣原民當代藝術機會。在以往的車站裡，所看到的影像幾乎都是廣告牆居多，在公共空間視覺上商業色彩濃厚，比較少有藝術家發揮的空間，這次的原住民藝術作品展出，每天至少有二十萬旅次進出，大大提升了能見度，讓原住民文化可以被認識、被欣賞，堂堂正正進入了主流的動線。

　　我覺得車站不只是轉運的樞紐，其中更有許多感性的內容，像是整裝出發到下一個戰場、迎接或送別心裡重要的人、拖著一身疲憊終於回家……每一天每一刻，都在上演著各種生命的故事，如果你停下腳步，細心觀察，每個走動的路人，他們臉上的表情與身體的線索，都是非常動人的場景。我想，如果可以在不變的路線中，提供藝術能量所帶來的療癒力，這些來自大地的快樂藝術，能帶給繁忙的都市空間與人們一些釋放和歡樂，那多麼有意義。

　　我記得出席公共藝術展示發佈的記者會上，我介紹了三幅很有意思的作品，分別是「手機皇后」、「自然 high」、「什麼事那麼好笑？」，

其中「手機皇后」，想傳達的是，人手一機，片刻不離，現代科技雖然帶來了快速與便利，但反而造成人跟人之間的疏離，明明近在咫尺，我們卻總是低頭不語，不再認真看著對方的眼睛，不再專心的聊天交流，希望透過「手機皇后」這幅作品，可以喚醒沉睡的人心，拉回人跟人之間的親密關係。期盼這些作品，就像每個停頓下來的快樂逗點，能讓車站裡的每張臉，綻開幸福的笑顏，在移動之間轉換心情，朝著愛與夢想前進。

sawidangan
人情

我的偶像大頭目

/ 當權杖變成了畫筆 /

　　我們家每年一次的家族宗親會，是所有遊子們趕回家團聚的日子，大家都會回到外公家盛大慶祝。外公總共生了十二個孩子，衍生出來的家族規模非常龐大，老老少少加起來動輒上百人，我們家族的傳統，每年都會輪流由各個兄弟姊妹來主辦，全權負責一切活動安排，還有所有人的伙食，全部輪完，就是十二年。2016 年這一場，讓我既興奮又特別感傷，因為這個大家族，已經很久沒有大團圓了，但這也是最後一次，因為長輩們已經協議好，下次就由各家分開舉辦，所以下次要讓所有人都團聚，幾乎是非常困難了。

　　這次看到這麼多熟悉的面孔，真的好開心，因為我有半年的時間，都是待在國外，家族裡的親戚，很多人離鄉工作，都分散在台灣各地，為了紀念外公，展現家族強大的團結力，主辦家族還特別為每個人訂製了專屬 T 恤，將我的畫作穿在身上，那是外公的肖像畫，我們把它當作

是一種傳承子孫的家徽，所以在路上一看到這件大紅Ｔ恤，就知道是我們家族的人，聲勢非常驚人，不知道的外地人，還以為是某種地下組織在擴大集會。

在完成了整天的宗親會儀式後，傍晚時分，伙食組在庭院裡升起灶火，煮著從河裡抓回來的漁獲，還有各種傳統佳餚。共食是阿美族很重要的飲食文化，只要有美食當前，就會邀請族人、客人一起享用，我們樂於把自己所擁有的好東西和大家分享、毫不藏私，飯桌上的炒劍筍、鮮美魚湯、香Ｑ糯米飯，都是我朝思暮想的家常菜，加上用鹽和米酒醃漬的雞心辣椒，簡直就是超完美搭配，大家啜飲著小米酒，輪流唱歌跳舞，氣氛好不歡樂。

我的畫常常出現部落裡的人物，很多都是親朋好友，除了貼近真實的生活以外，沒有肖像權的問題，也是原因之一，畢竟阿美族其實蠻愛秀的。其中印在家族衣服上的作品，是外公的畫像，更成為我生命的願景。睿智沉穩的外公，曾是阿美族在位最久的大頭目，也是我的英雄、我的偶像，在畫裡，我把外公的權杖換成了畫筆，我希望有朝一日，能夠以外公為榜樣，在藝術界的成就可以讓他感到驕傲，放下了弓箭與獵刀，畫筆就是我的武器，可以向世界展現，原住民文化感性的力量。

「部落」的阿美族語，意思是「柵圍裡的人」，我們依賴彼此關係綿密的群體組織而生活，而阿美族的大頭目，是部落裡的最高領袖，同時肩負政治與宗教的領導責任，因為必須治理部落種種事務，所以身為大頭目的外公，在傳統文化的延續上，需要精通部落歷史、神話傳說，與各個特殊家族的系譜，像是巫師長名譜、祭司家名譜、各代大頭目名譜等等。在生活習俗的運作上，要能通曉部落農事的各種儀式、行

事曆法與戒律禁忌等，像是一本部落裡的活字典，裝滿特殊知識與統御才能，所有重要大事與疑難雜症，都是他管轄的範圍，簡而言之，就像是住在海邊的人，管很寬就對了。

　　外公的名字叫做「Namoh」，譯音跟「那麼好」非常像，這個有趣的發音讓人一聽就記得，阿美族的命名既文雅又有深意，「Namoh」的原意為「你們先請」，延伸為「謙讓之人」，總是環顧大家，以眾人的需要為優先，這不就是一個領導者所應該思考的核心嗎？外公所擔任的大頭目，是透過長老與頭目集會，從眾頭目中選出來的，備受大家的肯定與敬重，部落完善的運作，在外公心裡的排序，永遠是第一位，他總是熱心投入傳統祭典或生活事務中，對他來說，這不是一個工作，而是一份光榮的使命。

　　雖然外公已經離開這個世界，但他在豐年祭中，身著紅袍，神態雍容，被族人簇擁扛著出場的畫面，一直烙印在我心裡，那是讓我引以為傲的外公。每一個逝去的親人，都會留下一顆星星讓你瞻望，抬頭仰望天空，你會看到祝福、看到期許，看到愛，大頭目外公的一生，活得豐富傳奇，他像一棵大樹，讓族人有所依靠，也孕育我們子孫，開枝散葉，能夠為外公畫畫，有著重要的文化意義，是身為孫子的我，用畫筆盡孝的方式。

落魄小子遇見部落公主

/ 真愛就是一直手牽手 /

　　我的外公是部落的大頭目，生了六男六女，總共是十二個小孩，家族陣容非常龐大，由於外公的身分特殊，地位崇高，所以可想而知，排名第十的媽媽，除了有父母的庇蔭，還有兄姊的照顧，從小就覺得自己是尊貴的公主，加上擁有出眾的美貌與純真的個性，非常受到外公的疼愛，把她視為心肝寶貝嬌生慣養，說是個被寵壞的女兒一點也不誇張，不管做什麼事，她都極有自己的想法與主張，就連戀愛這件事也不例外。

　　和媽媽家世顯赫的出身相反，爸爸是個落魄的窮小子，但長得英挺帥氣，滿腹才華洋溢，在音樂與藝術的造詣很高，不但很會吹奏薩克斯風，也很擅於編織傳統漁網，如果身在現在風行的文創產界，就是個音樂才子與手作達人。爸爸看起來風度翩翩，聊起來內容有料，一下子就迷倒了我媽，他們兩個人的戀愛風格，真的很像部落版的瓊瑤愛情故

事，難怪我每個細胞都充滿了戲劇的張力，這都是來自於父母親的遺傳啊！

　　爸爸哼著：「這綠島像一隻船，在月夜裡搖啊搖，姑娘呀，你也在我的心海裡飄啊飄！」這首綠島小夜曲，據說就是他們兩個的定情曲，在那個含蓄的時代，真的蠻會搞浪漫的，哪個女孩能不被這樣的心意所打動？我從小就聽著父親喜歡的音樂長大，不管是懷舊台灣小調，還是抒情英文歌曲，都深深地影響了我，我心裡第一顆音樂的種子，就是爸爸幫我種下的吧，也讓當時年紀小的我明白，在愛情的獵場上，音樂是

最容易捕獲一顆心的武器啊！

在豐年祭的第二個晚上，就是阿美族的情人之夜，男人們赤裸著上身，背著情人袋跳舞，展現健壯的體魄，後面就會圍著一堆婆婆媽媽的評審團，品頭論足哪家的兒子很優秀，阿美族的女人擁有主動追愛的權利，她們會把檳榔送給中意的男生，男生也有接受與拒絕的自由，喜歡的話就會收下檳榔，放入情人袋裡，不喜歡就會偷偷把檳榔還給女生。如果一個男人在外貌、體格與人品都很傑出，同時就可能出現好幾個女生搶著送檳榔的狀況，可想而知，我爸當然只收下我媽的檳榔。

在阿美族的母系社會，男生是嫁到女生家裡的，有本事被女方選上的男人，代表一種榮耀，而財產也是由女方繼承。在傳統上，連男生送女生回家，也代表著不同的含義，感情越淺送得越近，感情越深送得越遠，如果送到女方家，通常表示兩人已經愛到不可分離，那時我爸媽就是這樣深深陷入愛河。但即使是自由戀愛，還是要經過家長許可、媒人說親，得到祝福以後才能結婚。

結婚的阿美族語「Pataloma」，是成家的意思，看一個男人是不是勤奮努力，是組成家庭的重要基礎之一。當年我爸為了結婚，答應我外公存下三千元的條件，爸爸每天砍藤條，一天工資才五元，要不吃不喝，至少砍上一年半才得到。有一次還因為淋雨工作，導致發高燒差點死掉，他的毅力終於打動了外公，後來如願和媽媽步入婚姻，才有了我們五個小蘿蔔頭，我長大後常笑媽媽是三千塊的公主新娘。

媽媽從一位部落公主成為了母親，爸爸也從瀟灑的少年兄成為了父親，為了每天的柴米油鹽醬醋茶，他們為了我們改變了，即使現實生

活艱苦，即使有時吵吵鬧鬧，數十個年頭過去了，在一輩子沒離開過的土地上，他們還是緊緊牽著彼此的手，沒有放開過。我覺得這就是真愛，因為愛著彼此，才能承擔起責任，做出讓家人幸福的犧牲。父母其實是孩子人生的範本，就算連微不足道的細節，都影響孩子一生巨大，我多麼感謝，擁有這樣可愛特別的一對父母。

「我不管！」「我要離婚！」「我要離婚啦！」有次回家度假的我，被樓下媽媽突如其來的叫聲嚇了一跳，「怎麼啦！發生了什麼事？」我看著旁邊一臉無奈的爸爸，想說他犯了什麼大錯，一問之下才知道，原來媽媽最近迷上了八點檔鄉土劇，每天不但盯著電視機看首播，甚至連重播都不放過，裡面演的都是老公出軌，灑狗血的誇張劇情，然後她就幻想著每天上山耕種養魚的爸爸有外遇。

當我清楚所有的來龍去脈，簡直快笑翻了，怎麼有人可以入戲這麼深啦，鄉土劇真是害人不淺啊！不過我媽就是這種很天真憨直的個性，很容易把所有事情都當真的人，還好爸爸是世界上最了解她的人，好好哄一下，茶壺裡的風暴就過去了，當然也為生活注入了一些瘋癲的樂趣，這把年紀還有力氣吃醋吵架，也算是很在乎對方啊。希望他們能夠這樣健健康康，一直當對歡喜冤家。

瞭望者的肩膀

/ 阿美族漁網編織的傳人 /

　　比起活潑開朗、存在感超強，令人無法忽視的母親，我的父親在人群中相對沉默寡言，很像隱形在其中，像極了低調的獵人。事實上，他的確也是一名獵人，他的名字取自「瞭望者」的意思，代表一種瞻遠與守護，是部落裡保護安全非常重要的角色。爸爸英俊挺拔，才華洋溢，對於音樂的造詣很高，難怪我媽當年會不顧一切地愛上他，我那麼熱愛音樂，我想有一半是來自我父親的影響。

　　從小父親對我們的管教就很嚴苛，體罰是常常有的事，畢竟我們是一群調皮好動的野孩子，時常闖禍以後，免不了要挨一頓打。所以心思纖細，感性澎湃的我，其實是很害怕父親的威嚴，又愛他又不敢靠近他，在台灣的傳統父親大概多是這個模樣吧。在我們那個時代背景下，父親就是孩子的父親，不會是孩子的朋友，一直以來，我都和媽媽比較親，父親像是一道高大的牆，保護我們也隔絕我們。

現在大家會看到我和爸爸時常勾肩搭背，或是動不動就彼此擁抱，其實是我從英國回來以後，試著了解爸爸為什麼這麼嚴肅易怒，那是因為他從小就喪母，他父親又是以嚴苛體罰的日式教育管教他，讀到小學三年級，又被父親強迫輟學下田放牛，在這樣坎坷的童年下成長，他才鬱鬱寡歡，沒有真正被愛過，所以也不懂得表達什麼是愛與溫柔。我了解並體會他的過去，努力地想和我的父親和解，想讓他知道我有多麼愛他，當我第一次擁抱嚴肅的爸爸時，他嚇了一大跳，渾身起雞皮疙瘩：「你在幹什麼？」後來因為我擁抱的次數太頻繁了，他也就漸漸地習慣了，我們慢慢消弭了從小到大的距離，重新學習當一對快樂的父親與兒子。

爸爸是目前在部落裡，少數僅存精通阿美族漁網編織的傳人，他有著過人的細心與耐心，而且手工技術精巧。父親因為擁有這項快要失傳的技藝，還曾受邀到 TED×Taipei 講座演講，講的主題是「手作的驕傲」，為了這場演講，他整整編織了一個月，阿美族的傳統漁網並不是用尼龍繩製作，而是採用困難度與細膩度都極高的棉繩。記得那次我和父親住在飯店，他仍努力地編到半夜一兩點，他想要把作品獻給 TED×Taipei。

爸爸對於能夠向世人介紹阿美族的手工漁網，感到非常開心與驕傲，捕魚對於阿美族男人來說，是絕對必備的生存技能，在很多的文化慶典裡，都必須要捕魚或吃魚，好做為一個活動的結束，回到日常的生活作息。因此捕魚的工具非常重要，它不但裝盛了祖先們的智慧，也肩負了每個家庭的生計，畢竟我們原住民的食物，都儲存在海洋與大自然裡啊！

　　我用歌唱比賽贏得的獎金買來的半座檳榔山，現在成為爸爸實現夢想的園地，這應該是我這輩子花得最有價值的一筆錢，因為可以看到爸爸滿足的笑容。山上空氣清新，綠林成蔭，是非常適合養老的地方，他每天都會開著小發財車上山，在游泳池般大小的魚池裡養魚，也潛心研究農產技術，在山上種出甜柿，現在他的小孩變成了那些甜柿與魚群，每天花很多時間與心力照料著，我喜歡看著他工作的背影，一個男人到老都保有的認真帥氣。

　　每次回家，我這個檳榔小開，總會陪他到山上走走，巡視一下領地現況，他總會興奮地告訴我，甜柿和魚群種種的成長故事，由於取自山間純淨的泉水灌溉與養殖，所以甜柿與魚都長得鮮美健康，爸爸常帶回家犒賞親友，變成餐桌上的佳餚。他張著閃閃發亮的眼睛告訴我：「你知道，那些甜柿常會莫名奇妙的不見嗎？」「怎麼可能？它們又沒有腳，會自己跑！」「我覺得很詭異，結果有一天，終於被我找到原因－是猴子，那些甜柿好吃到連猴子都來偷吃，被我當場逮到！」爸爸得意地說出了大家一直猜不到的結論。

　　我父親的恆定，和我的飄泊完全不一樣，他一輩子沒有離開過部落，不像我到處流浪、四海為家，不管生活多麼艱難，他都堅持守住這個家，沒有人比他更適合過這樣與世無爭的山居歲月。在平靜恬淡裡感受到萬物蓬勃的生氣，我的父親守護著這樣一座小小山頭，即使上了年紀，仍然每日努力耕耘著自己的夢想，他的人就像他的名字一樣，他是我的榜樣，是我的瞭望者。

是部落名媛也是檳榔西施

/ 像清晨一樣的媽媽 /

　　如果你經過馬泰林部落馬路上的雜貨店，看到一位身著鮮豔配色、戴著不可能會在部落出現的西洋淑女帽，硬是把許多不可思議的元素，混搭在一起而創造出特立獨行的新時尚，不要懷疑，那就是我的媽媽。她是那種第一眼就會讓人難以忘懷的女人，因為太隨心所欲，太有自己的風格了。其實，我媽才是家裡比我更沒有框架的人，大膽、自信、迷人的風采，連我的朋友們都好愛她。

　　我和媽媽的感情很好，我的五官神韻像極了媽媽，如果戴上假髮，幾乎就和媽媽一個樣，與其說我是她的兒子，我更像是她的哥哥，需要照顧她、保護她，我記得小時候家裡的廁所是在家外頭，媽媽有個好笑的弱點，自從她知道自己八字輕，就非常害怕阿飄，所以每次只要晚上或半夜要上廁所，我都要從頭到尾陪著她，她還會邊上邊確認，我是不是還守在門外。只有聽過陪公子讀書的書僮，而我應該是台灣第一個陪

尿童，二十四孝可以考慮多增加部落版這一個吧。

　　媽媽之所以有些思考邏輯異於常人，其實是因為她的出身不凡、家世顯赫，她的父親也就是我的外公，是部落的大頭目，媽媽從小就頂著部落公主的光環長大，有些習性就是現在説的公主病。那些清高的氣質，那些嬌貴的天真，一直竄流在她的血液中，即使歷經現實的磨損，卻從沒有消失過，我深深覺得，她骨子裡仍相信自己是公主，到現在還不肯醒過來，而我不是她的王子，比較像是她的隨從。

　　阿美族是個母系的社會，對我來説，母親就代表了食物與愛，是家庭裡温暖的核心。媽媽年輕時，可以説是部落有名的波神，部落裡很強調互助的精神，那個經濟與物資拮据的年代，是沒有多餘的錢可以去買奶粉的，媽媽源源不絕的豐沛乳汁，好像隨時可以打開的水龍頭，幾乎可以餵飽整村的小孩，許多孩子是吸我媽媽的奶水長大的，稱她是大地之母也應該不為過吧，大方的給予一直是媽媽很可貴的特質。

　　為了幫忙家計，照顧五個孩子，媽媽除了開雜貨店，也會自己種菜，更是檳榔西施的始祖。前一陣子看到新聞報導，台灣的檳榔樹養大許多台灣的孩子，我特別有感覺，也會想起媽媽當時包著檳榔的認真模樣，那些勤勞刻苦的媽媽，是一個美好時代的縮影。印象中小時候的媽媽每天忙進忙出、招呼客人，一個部落名媛，為了愛，甘心過著凡人的生活，其實是充滿勇氣與毅力的，這一點，也深深地影響我，不輕易被命運擊敗。

　　媽媽一直是個非常愛漂亮的女人，對於自己的衣著造型非常有想法，如果是生在現在的年代，也許會成為一位驚世駭俗的服裝設計師。

媽媽為了養育我們，沒有實現夢想的機會，所以媽媽有什麼願望，我都會盡力滿足她，像是她熱愛各式各樣的帽子這個嗜好，我都暱稱她是「帽子天后——馬泰林部落的鳳飛飛」，只要看到好看的帽子，我都會蒐集起來給她當作禮物，回台灣時，往往整整一個行李箱都塞滿了來自跳蚤市場的古董帽，每次看到她喜孜孜戴上它們的表情，我就覺得好開心、好幸福。

後來很多網友來到花東玩，經過馬泰林部落的馬路雜貨店，常會進來問：「請問這裡是優席夫的家嗎？」盛裝打扮的媽媽，就會抬頭挺胸，引以為榮地回答：「是啊！」然後一定會加上這一句：「我就是優席夫的媽媽。」因為很多人會找她合照，她現在已經不只當自己是公主，還當自己是明星了，我好害怕，有一天她會跟我說，她要去當明星。

媽媽有個非常美麗的名字，叫做 Negar 妮卡爾，是「清晨」的意思，象徵每一天都是新的開始。媽媽微風輕拂的溫柔，還有如旭日東升的熱情，孕育了我鮮明爽朗的性格，就算相隔千里，我和媽媽之間，永遠有一條切不斷的臍帶，輸送著力量與愛。

做肥皂做出一片天的前老闆

/ 最深的愛是磨練 /

　　我的人生做過各式各樣、族繁不及備載的工作，除了待過工廠、餐廳、酒吧以外，其中，大家一定想像不到，和我的樣子很不搭的，我還當過辦公室的上班族。就在台北 pub 當酒保的時候，一位要好的朋友，不忍心看我一路載浮載沉、夢想起滅，就引薦了一位我生命中很重要的貴人，問我要不要跟在他旁邊工作，我當時也很想離開舊生活，想要試試自己有沒有新的可能，於是就答應了，結果他就從朋友的身分，變成我的老闆，把我帶在身邊當助理，這位就是在台灣做肥皂做出一片天，阿原肥皂的創辦人江榮原先生。

　　當年，江大哥和現今業界著名的策展人、設計師陳俊良先生，共同創辦了自由落體設計公司，那時江大哥負責跑外面的公關業務，陳大哥負責專案的創意設計，兩人專業分工、合作無間。我的職務很類似於業務助理，與這兩位實力堅強的戰將共事，壓力真的很大，因為他們對

工作品質的要求，極度龜毛與挑剔，但卻是人生很難得的經驗，試想一個剛入行的菜鳥，有多少機會，能夠一窺風雲人物在成功之前所奮鬥的軌跡。

尤其我們從事的是廣告行業，除了必須能精準掌握時代的脈動，還必須創造消費者的心動。我每天從密集的相處中，感受他們怎麼思考設計的核心，怎麼與消費大眾溝通，怎麼協助客戶銷售，我看到了許多不同於一般人的邏輯與觀點，一個個創意被轉化為縝密的規劃與執行。如果沒有對這一行有極大的熱情與理想，是很難堅持下去的，每天燃燒著大量的腦力與體力與時間賽跑，用心完成客戶的託付，但只要提出了好的作品，所有的辛苦都是值得的。

那時，我在江大哥手下做事，他原本不笑看起來就很兇，在工作上，他一板一眼，態度嚴謹，兇更是出了名的。我每天上班其實都戰戰兢兢，從會議記錄、客戶聯繫到部門溝通種種繁瑣事務，生怕有什麼細節給遺漏了。我其實很明白江大哥的用心，他工作向來頭腦清楚、節奏明快，對我從來沒有特殊待遇，總是一視同仁，公司不能因為一個人而慢下來，唯有如此，我才能真正進入真槍實彈的工作戰場，畢竟職場並不是新人的托兒所，最好的學習、最快的成長，就是來自於第一線的實戰。

我還記得有一次，江大哥帶我前去拜耳公司，那是家國際知名的大企業，就在我們準備提案的前一刻，他突然臨時有急事，對我說：「反正這個案子，你從頭到尾都有參與，很了解相關的規劃，就讓你來提案說明好了。」然後就留下我一個人，我還來不及跟他說我並沒有準備好，他人就一溜煙消失了。我忐忑不安地走進了會議室，被眼前的陣仗嚇得

全身僵直，「天啊，這是巨無霸版的圓桌武士會議嗎？」

　　那是我生平看過，最豪華氣派的超大圓桌，大概圍坐了二十幾人來開會，每個人都是西裝畢挺，專業架式十足但我沒有退縮的空間，這時只剩下我自己一個人，沒人可以求援或是依賴，江大哥就是如此用心良苦地設計了我，還特別加碼演出這齣，從模擬模式立刻轉換為實戰模式，放手讓我一人練膽、練反應、練口才，經過這一役，我的心臟也被他鍛鍊得更大顆了，對於後來，我如何面對大眾，說明自己的創作概念，也產生非常大的幫助。

　　我所看到的江大哥是兩面人，工作時的他，總是扮演鐵面無私的那一面，嚴正不阿，要求完美，但卸下工作的他，感性溫暖的那一面，實在讓人好窩心，他知道我在台北的生活拮据，常常會藉故請我吃午餐，也明白我嚮往大自然，對於都會叢林不太習慣，休假時也會常帶著我遊山玩水、泡泡溫泉，即使我只是一個小助理，他還是展現了對人的體貼與關心，就像他最愛的歌手江蕙，最愛唱的台語歌，情感濃郁內斂，是台灣男人鐵漢柔情的典型代表。

　　現在，江大哥的阿原肥皂，成為台灣土生土長的原創品牌，每次走進他的店，就好像嗅到了反璞歸真的芬芳氣味，他是用對這片土地的情感、對勞動力美學的尊崇，在做每一塊肥皂，他就是一個如此專注的理想實踐者。直到現在，或是未來，當我遇到瓶頸，我還是會回去找這位前老闆，聆聽他的意見，就連我存放作品的倉庫，也是他提供幫忙才解決，我打從心底感激他，為我做過的一切，也會記得他懇切的叮嚀：「當你發光之後，別再想著光，要趕緊去照亮。」

兩位教父級人物

/ 謝謝我身邊的天使 /

　　我生命中有許多奇特的機緣，都是透過身邊每一個天使所牽引的。有一次，胡德夫老師的夫人，在看到有關我隻身在英國奮鬥的報導後，立刻跟胡老師說：「無論如何，我們一定要幫助這個孩子！」結果，只因為一個媒體採訪，我就這樣認識了這一對熱心又可愛的夫妻，胡德夫老師是我們原住民教父級的人物，也是台灣民歌的先驅，他用音樂的創作，為原住民發聲。每次聽他的歌，彷彿可以嗅到故鄉的海風、山嵐與稻香，每每可以慰藉我的思鄉之情，雖然詞曲中細膩溫柔的情感，和他粗獷豪放的外型完全不搭。

　　胡德夫老師無論是身材或是內涵，都具有超越常人的厚度，那是經過大風大浪的歲月沉潛，所累積出的渾然壯闊，我很喜歡他那低沉滄桑的嗓音，如似沉入了陳年酒甕，令人一聽就沉醉不已。如果有一種歌聲能夠唱出台灣的風景、台灣的人情、台灣的文化，我想胡德夫老師絕

/ 胡德夫老師 /

對是其中非常重要的代表。這些養分也是激發我創作的元素，別看他滿頭白髮、輩分這麼高，但個性其實很愛開玩笑，像個老頑童，很懂得享受生活的精髓，所以我們一拍即合，畢竟我也是屬於人來瘋的類型啊！

有一次，胡德夫老師跟我說，他要介紹一位企業家嚴長壽先生讓我認識，說來真是非常孤陋寡聞，我當時完全不知道嚴長壽先生是誰，但長輩的話還是要聽，我和另外一位陪同的女性長輩，乖乖照著約定時間來到亞都麗緻飯店，時間一分一秒過去，胡德夫老師一直沒有出現，我心中非常惶恐不安，因為聯絡不上引薦人，我又不認識嚴長壽先生，等一下會面我該怎麼辦？結果胡德夫老師最後真的沒有來，因為他喝醉了，我只好硬著頭皮，自己走進嚴長壽總裁的辦公室，結果嚴總裁的一句話，頓時令我放鬆下來，「哈哈哈，沒關係，胡德夫老師本來就會常常不見啊！」顯然眼前這位笑容可掬的長者，比我更了解自由不拘的胡德夫老師。

我對嚴總裁的第一印象是玉樹臨風，氣度翩翩，一個完全不像企業家的企業家，他雖然姓嚴，但跟電視上演的嚴肅總裁完全不一樣，他非常的親切和藹，讓我心裡升起一股平實的暖意。他說他只有半小時的時間可以給我，因為後面有個記者會在等他，我就把自己一路創作的經歷跟他分享，結果聊得太投入了，他還特別把記者會延後，他整整聽了我講了一個小時的故事，心裡覺得很感動，說下次再約我碰面好好深聊，我心想他是個大總裁，應該不會把我記掛在心上，沒想到一週後，他真的約了我一起餐敘，還帶著台灣好基金會執行長徐璐。

和嚴總裁一起吃飯，壓力真的很大，不是因為他位階太高，而是他一點架子都沒有，總是把「您」、「請」掛在嘴上，還很會幫大家切

/ 嚴長壽 總裁 /

肉挾菜，主動貼心地服務大家，關心每個人有沒有吃飽，讓用餐氣氛非常融洽愉快。我親眼見識到，被稱作「台灣飯店教父」的嚴總裁，是如何身體力行地實踐服務業的熱情，那些精神已融入他的 DNA 中，成為反射動作一般自然，而且他走路超快，簡直像一陣風，是服務從業人員才擁有的腳力吧。他讓我想起，家鄉的秋天，在金色光芒照耀下，那些結實纍纍的稻穗，收成的是，謙者的智慧，也因為受到他的感召，我接下花東藝術營的青少年繪畫課，一教就是連續三年。

這兩位我心中重量級的教父，一位立足故里，以音樂吶喊出關注土地與原住民的議題；一位移居台東，創立了公益平台文化基金會，致力於翻轉教育，雖然在不同的領域歷練，卻有著共同的志向，都在花東的土地上，看到了千瘡百孔的問題，也看到深耕百年的願景。我們能為後代子孫留下的珍貴資產，是自然生態，是特色農產，是原民文化，是慢活夢想，是教育扎根，我覺得遠見與格局，能夠建造土地與孩子的未來，好多心靈無比美麗的人留在我的家鄉努力，為台灣的明天默默付出著，真正活出了引領時代、鼓舞別人的意義。

藝術把我們串連在一起

/ 三個好朋友一起來唱歌 /

　　即使當不成歌手，我和音樂的緣分還是切不斷，在神設計好的劇本下，我和來自不同領域的好朋友，一位是被稱為音樂精靈的黃韻玲，一位是演出「太陽的孩子」而走紅的女主角阿洛，我們三個人合體出擊。別誤會，我沒有轉行，我們不是組成藝人團體出道，而是一起在花博公園的原民風味館，舉辦了一場音樂藝術分享會。若是把每個人都當成是一種樂器，需要跨界與交流，這就是透過音樂、藝術與旅行調和的三重奏，我們想讓原漢一起手牽手，分享創作故事與美學生活，畢竟世界上如果只有一種文化也太孤單了。

　　當天現場來了很多觀眾，我們經過巧心安排，走的是多種語言路線，讓所有的主題與演出充滿層次，擔任開場的我，唱的是我很拿手的英文歌，大概大家對我的印象都是野生的畫家，不知道我差點就成為家喻戶曉的明星了，果然眾人當場被我的大嗓門給嚇到。其實，在放棄音

樂後，我還是沒忘記唱歌，只是現在已經不是非要實現的夢想，而是回歸為嗜好，成為生活的一部分了，所以偶爾拿出來嚇嚇人，還蠻管用的。我講了許多到世界各地旅行的故事，護照上的戳印至今已經蓋過四十幾個國家了，每個地方都對我意義深刻，旅行對於創作，就像雨水之於大地，所以我也鼓勵大家要勇於出發，去體驗不一樣的世界與人生。

而小玲姐從她在滾石年代，我就非常喜歡她的音樂，曲風雋永迷人，她不僅能夠自己製作專輯，還為很多歌手寫過膾炙人口的好歌，像是當天自彈自唱，為大家帶來的那曲「心動」，她悠悠吟唱：「總是想再見你，還試著打探你消息，原來你就住在我的身體，守護我的回憶。」立刻把每個人帶回熟悉的電影場景，陷入深深的感動，害我在台上也因為歌曲意境太美而落淚。

小玲姐雖然是全能型的音樂人，但完全沒有架子，當她邀請我參與新作品「初熟之物」合作時，我簡直是欣喜若狂，這是我第一張為音樂專輯封面的特別創作，我想聚焦在她創作的核心。這次的作品傳達嶄新的音樂語言，與對時代、土地的關懷，我用鮮豔欲滴的大塊色彩，畫下小玲姐的笑臉，還有豐盛的果子，我覺得她那經過歲月洗鍊的聲音，是經過風雨後的溫柔平靜，所有的果實正長得剛剛好，最適合摘下品嘗，這也是一張值得一再賞味的傑出專輯。

最後，由阿美族的美女代表阿洛出場，她以阿美族母語的個人創作曲，唱出對家鄉濃郁的情感，還使出人體字卡機的絕招，對觀眾一字一句解釋其中的含意，領著大家一起歡樂合唱。我和阿洛認識非常久了，她是歌手、演員、主持人，也是部落文化與環保運動的推動者，多才多藝，對生命充滿打不退的熱情，別被她的美貌與大剌剌個性給誤導，她

可是文學博士班的高材生呢。堅持投入母語音樂創作，希望能創造另類的流行樂，夢想是成為台版的女神卡卡，沒想到陰錯陽差，因為主演了「太陽的孩子」，演技太過自然精湛，而入圍金馬獎最佳女主角，成為了部落之光。

　　而「太陽的孩子」獲得 2015 年台北電影獎的觀眾票選獎，是一部描述阿美族人復耕海稻田的故事，期盼太陽下的每一個孩子，都能用自己的語言，唱自己的歌，都能堂堂正正站在自己的土地上，不需要被任何人驅趕。很榮幸電影海報之一，選用了我以前為阿洛畫的肖像「說不出」，我們有著同樣的理想，透過不同的形式來發聲，不管是音樂、電影還是藝術，都希望這塊土地的美好，能夠一直傳承下去。

　　這場美麗下午的分享會，串連了堅韌的友情，不只是台上的表演者，還有台下的好朋友們，都讓我感受到滿滿的支持。我相信，磁場相近的道理，好的人會吸引更多好的人相遇，好的事會吸引更多好的事發生，在這個動盪不安的世界，更需要我們站在溫暖接納的那一面，彼此學習尊重體貼，與我們成長背景完全不同的族群，讓愛消弭誤解與爭端，成為最好的潤滑劑，我衷心地這麼希望著。

女力時代

/ 動靜都美麗 /

　　從台灣到美國的總統選舉，甚至是亞洲、歐洲的政壇，都出現了女性領導人參與關鍵決策的機會，可以觀察到的是，男女平權的時代終於到來。女性特有的纖細敏銳與柔性包容，為這個詭譎多變的世局，帶來了緩衝的力量與嶄新的期待，這股女力時代的潮流，正從政治圈蔓延到藝術圈，甚至於各行各業，我真的覺得，誕生在這個時代的女性，真的十分幸福，能夠選擇自己所要走的道路，自己想要相守的伴侶，在事業與家庭，發揮自己獨特的價值，只要擁有決心與毅力，沒有人可以擋得了她們實現夢想。

　　在我身邊的原住民朋友，有很多優秀的女性，她們來自不同的部族，但追求夢想的魄力，卻是勇士等級。我想分享兩位愛唱歌的女生，她們的故事充滿勵志——溫嵐是來自新竹的泰雅族，因為喜歡唱歌，參加了「超級新人王」的歌唱比賽，和我的際遇其實有點像，不過和我不

一樣的是，結果她順利出道，一首和吳宗憲合唱的「屋頂」立刻爆紅，成為情歌裡的經典之作，以原住民的女神之姿，成功打入主流音樂市場。她的每張專輯都帶有強烈的個人色彩，而且好幾首歌都是由她自己寫詞，她總是嘗試打破極限，更舉辦了世界巡迴演唱會，把好聲音、好音樂讓更多人聽到。

　　我覺得溫嵐很像一團火，她的美麗熱情、奔放動感，總會感染別人的生命，和她一起成為跳動的火焰。有一次的記者會，我要發表「藍色鑽石」的創作展，那是我從西方畫作跨到原住民畫作之外，最新嘗試的抽象畫，就在發表會前幾天，她很認真地問我：「優哥，有需要幫忙的地方嗎？」我於是就邀請她出席記者會，結果當天她不但來了，還帶了許多她熟識的媒體記者來參加，她就是一個對朋友這麼好，這麼有義氣的女生，當天還有一個小插曲，也要感謝她幫忙才順利解除危機。

　　我們在發表會當天，希望透過一件禮服，來延伸「藍色鑽石」與海洋對話的主題，所以我就在一塊白畫布上自由創作，勾勒出海水藍的圖繪，那是我第一次嘗試印染，在另一位服裝設計師朋友 Siki 的幫忙下，我們設計出一件立體剪裁的優雅禮服，特別情商溫嵐擔任模特兒，將抽象畫穿在身上，展示效果非常好，也成為記者會上矚目的焦點，將關注海洋的議題推廣出去，我永遠忘不了，她那天像一尾美人魚似地夢幻現身。

　　另外一位女力代表，就是在星光大道嶄露頭角的梁文音，被暱稱「巴冷公主」的她，有著清亮婉約的歌聲，就和她的人一樣，像一潭沉靜如詩的湖水，雖然身世坎坷，但她從不自怨自艾，反而以積極開朗的心，勇於拓展自己的人生，以從不停止的努力，默默累積實力，不但入

圍了金曲獎最佳新人獎，也跨足電影演出了《海角七號》，這是一個靠自己雙手打拼出頭天的勇敢女生。而在 2016 年，我接到了她的喜訊，更為她找到美滿歸宿而開心。

我記得那次為了參加文音的婚禮，因為買不到高鐵票，我們一群朋友凌晨三點半，就從台北開車出發，前往遠在高雄深山裡的萬山部落，除了要帶給文音和念平最深的祝福，還有一個很重要的目的，為的就是想一窺這個傳統魯凱族與阿美族聯姻的婚嫁儀式。一到現場，我彷彿進入了一個遠古境地，這場傳統婚禮，幾近動員了全村的族人，不僅場面盛大莊嚴，而且絕美到讓人幾乎快忘了呼吸，人數規模與婚嫁細節的講究，堪稱是世紀版的部落婚禮。

在魯凱族的文化裡，結婚是人生最重要的時刻，必須由家族的長輩幫新娘親手穿上專屬於魯凱族的嫁衣。新嫁娘文音的衣飾華美繁複，一針一線縫的都是快消失的文化，當我看到族人們遵循著古禮盛裝出席，耆老們依古訓告誡新人的神聖場面，還有捨不得女兒出嫁的家族眼淚，都是一段段感人至深的婚禮序曲，我一邊感動，一邊紀錄，深怕一眨眼就錯失了任何一幅美麗的畫面。

所有的儀式非常雋永優美、意蘊深遠，讓我像嫁女兒一樣，忍不住流下眼淚，同時也不禁感嘆著，當大部分的部落婚禮都已經西化得看不出自己的文化時，在這遙遠的深山內，竟然還有一群人，堅守著自己的文化並引以為傲，將這麼動人的傳統婚禮一代一代傳承下去。謝謝文音的邀請，讓我有幸親眼看見，這場最美的部落婚禮，它是由族人間的愛、榮耀與文化所化成的祝福。

走伸展台的瘋狂評審

/ 用雙手編出一條美麗道路 /

　　如果我們希望被看見，我們要先能看見自己。這是經過無數與現實對撞得鼻青臉腫，我所得到的領悟，不管要航向什麼偉大的航道，我們要能回到自己的原點，接受自己的不一樣，那個不一樣，就是我們獨特的價值。有時一味追求同化，反而會讓我們陷入更深的迷失，忘記我們是誰，從哪裡來，要往哪裡去，如果我們真正看見自己，所有的問題都可以有清晰的觀照，然後找到好的方式去面對與解決。

　　由於出身花東，從事藝術的背景，加上我長年與國際接軌的經驗，常有許多與公部門交流的機會。有次台東縣政府為了發展地方觀光，詢問我對於活動主題的看法，我分享了許多國外友人的觀點，其實就是「越在地，越國際」這樣的概念，因此建議他們從當地部落的特色文化去做深度挖掘。後來就在台東縣東河鄉舊隆昌國小，舉辦了《編織吧，決戰隆昌伸展台》編織工藝創作比賽，以現場編織創作展結合東海岸市

/ 編織吧，決戰隆昌伸展台 /

集的形式，透過面對面的互動與溝通，讓民眾體驗在地部落的文化風貌，很多民眾帶著孩子來觀賞，甚至也一起加入編織行列。

其實，這個活動的場地非常特別，隆昌國小舊址是個已經廢棄的小學，讓人正視到少子化或往城市遷徙的議題。學校外牆上還留著優美的繪畫，但小朋友上課嬉戲的身影已經不再，這次特別請來以永恆、農業與文化為軸心的樸門設計，透過永續設計的理念，希望可以透過功能重塑，建造自然生態、綠能再生的社區基地，成為當地交流、分享的中心，也更貼近花東的綠活屬性。

除了我以外，也邀請木雕藝術家希巨蘇飛、原住民文化設計師阿瑪亞‧賽斐格、棉麻屋負責人龍惠媚、裝置藝術家饒愛琴擔任指導評審，可以在比賽會場，見到這些老朋友非常開心，大家拚場較勁，偷偷暗窺敵情，笑聲不停爆發。這七組來自不同部落的選手，由老中青不同年齡層組隊，代表的是一種世代的傳承，我看到阿公、阿嬤們彎著身軀，一線一線將祖先傳下來的智慧與技藝，教給他們的兒孫，內心充滿感動與敬意，原住民擅長從大自然取材，用雙手就可以做出任何實用又美麗的東西，現在流行的手作課，原住民其實就是最早將手作精神貫徹到生活裡的族群呀！

來到台東這個以衝浪著稱的原鄉東河，沿途都可以看見湛藍的太平洋，那些自由奔放的海洋氣息，更催化我這個阿美族瘋狂的天性，一時興起，就在會場拱了我的好朋友阿洛上台走秀，她是電影「太陽的孩子」的女主角，特別到場支持，還有參賽的少年選手，頂著剛設計好的勇士造型，獻出了他人生的處女秀，最後連我本人都上台了，我們模仿超級名模生死鬥的場景，不按牌理出牌的臨場反應，反而製造出趣味十

足的戲劇效果，台下的人都笑歪了，開心的玩其實是原住民生活裡不可或缺的小確幸。

三天下來，我看到很多阿公、阿嬤級的選手，專注投入眼前的編織，我覺得那已經不是在比賽，那是他們的文化與生命，彷彿透過雙手，在內心和祖先對話。而年輕一代除了跟著耆老們學習編織的藝術，讓珍貴的技藝不會因此失傳，也透過創意的活化，為傳統編織注入了新的生命力，那會是未來原住民與世界溝通的新方式，那些一代一代傳下來的美好事物，永遠歷久彌新，無可取代。

除了部落團結起來，一起推動原鄉文化之美，還有在地的小農用天然無害的方式，耕種有幸福滋味的農產，他們説：「他們賣的不是農產品，而是一種理想的生活。」就是有這樣可愛頑固的一群人，深化了台東豐饒的生活面貌，從飲食、製品、藝術去推動自己相信的理念，每天默默地做，不管風吹雨淋，不怕辛苦障礙，從不動搖。

如果要我説出心中的評語：「我覺得每個人都是不平凡的編織者，他們用雙手編出了一條美麗的道路，編出了一張滿載希望的藍圖，我非常榮幸，能夠參與其中一環。」

用身體寫詩的人

/ 就這麼一直跳舞吧 /

　　生為原住民，舞蹈與生活的關係緊密不可分，我們只要唱歌，就一定會跳舞，不管是莊嚴的祭典或歡樂的喜慶，大家都會透過不同形式的舞蹈，來傳達對傳統儀典的尊敬與頌揚。在我的故鄉花蓮，阿美族的豐年祭就非常盛大壯觀，有時甚至會達到千人以上的規模，氣氛熱烈奔放。來到部落，一定要尊重原住民的文化，因為我們的每一種舞蹈，都蘊含不同的祈求，都代表一份對天地神人的誠心祝福，像是祭司行祭的舞蹈、祈雨的舞蹈、捕魚的舞蹈、迎賓的舞蹈等等，對我們來說，都不只是舞蹈，而是神聖至上的儀式。

　　很多喜好都是天生的，我很喜歡跳舞，也很喜歡看別人跳舞，對我來說，跳舞是一種肢體與心靈結合的藝術，不需要言語，就能直接觸動人心。老覺得那些跳舞的人，是用身體寫詩的人，有時行雲流水，有時鏗鏘有力，如果沒有畫筆、沒有相機、沒有工具，身體就是最單純的

素材，是文化的器皿，也是溝通的媒介，就算什麼都沒有，我們還是可以在天空下，用身體跳舞，來探索靈魂本質，來靠近所有的人。

　　因為我深深為舞蹈藝術而著迷，所以常在思考，在創作生涯中，繪畫與舞蹈是否有機會可以一起激盪出新的火花。然後，在「b.LAB 優席夫暨基礎實驗開幕」首展中，這個夢想實現了，特別邀請到蒂摩爾古薪舞集前來演出，他們是臺灣第一支以排灣族文化為主體性的現代舞團，這一次，我們展現了不一樣的原民新藝術，當代畫作與現代舞創的結合，同時看舞也看畫，在動靜之間，為觀眾帶來身心靈的全面衝擊。

　　蒂摩爾古薪舞集對我而言，是滲入靈魂裡的神秘召喚，他們將排灣族的文化精髓提煉，巧妙轉化現代舞的肢體語彙所誕生出來的舞碼，齣齣生猛活現、淋漓盡致，是回到母體文化的核心，才有那麼澎湃的原創力。憑藉著才氣與毅力，他們從台灣的原鄉跳進了國際舞台，用舞蹈敘說著一篇又一篇土地與生命的故事，山谷、海洋、家屋、百合等元素，都化為舞作的符碼，無比動人。

　　原住民的優秀舞者人才輩出，在《第四屆法藍瓷想像計畫》中，採用我的作品「冠冕」當主視覺，邀請我和國際編舞家布拉瑞揚共同擔任代言大使，跟他一起站台壓力很大，因為他那張巴掌臉，很容易讓旁人變成河馬，偏偏媒體又很愛把我們湊在一起。我非常羨慕他，不但人長得帥，身材也維持得很好，在舞壇的成就更是耀眼，是激勵我的動力之一，每次跟他碰完面，我都下定決心要瘦身，希望可以重返久違的型男行列。

　　我們都覺得這個計畫很有意義，希望號召一群具有文化藝術與設

計美學專長的年輕人，他們可以分享自身所學，投入社會公益，提出一份可以具體改善、影響孩子們的公益提案，成為孩子們的「想像孵化者」，當我和布拉瑞揚，看到為這次計畫而拍攝的影片時，可能因為都曾是遠渡重洋、流浪的人，都重回家鄉尋根，所以兩人都不約而同流下感動的眼淚，身為代言大使，我們只是一個點火的人，期盼所有的孩子都能找到自己，找到夢想。

而布拉瑞揚所做的事，讓我十分敬佩，就像他的名字一樣，是「快樂的勇士」，我們同樣在身份認同的這條路上，被困住很久很久的時間。他在幾年前捨棄一切，放下了世界舞壇的光環，回到台東家鄉，成立布拉瑞揚舞團，即使創團的過程極度艱辛，中途還遭遇颱風的重創，他還是抱持信心與希望，每天帶著孩子們在自己的土地上，找尋一種從身體生根的文化，他的心願是牽著孩子的手，在家鄉的舞台上謝幕，讓孩子們可以開心的在台東的風景裡跳舞。我覺得，這是一份屬於舞者的浪漫，而這份浪漫以堅定的意志支撐，一如他眉宇裡的剛毅，祝福這塊土地上所有愛跳舞的人，就這麼一直跳下去吧。

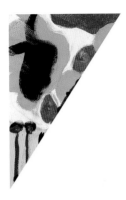

Gallery 4

miliwko
旅行

愛上第二個故鄉

/ 愛丁堡讓我無法不迷戀 /

　　第一次踏上愛丁堡，一下飛機，才剛放好行李，還沒調好時差，就被朋友帶去參加一場蘇格蘭婚禮。瞬間迎接巨大的文化衝擊，所有的男人都穿著蘇格蘭裙出席，他們的民族性強烈，以自身的傳統文化為榮，在重要的節日或慶典，一定會穿著的禮服就是蘇格蘭裙，每個家族的蘇格蘭裙，代表的顏色與圖紋都不一樣，當天我朋友家的代表色是青色，所以就借了我一條蘇格蘭裙，這是我生平首次穿裙裝，感覺非常新鮮特別，只有入境隨俗，才能感受異國文化的洗禮。

　　我們的第一站不是直奔婚禮會場，而是先去酒吧喝第一攤，我心想：「這跟台灣的作息完全相反啊！」朋友告訴我，這裡的酒吧上午十點就開了，對他們來說，啤酒只能算是飲料。小酌是愛丁堡生活的常態，是交誼的方式，我也不能免俗的，放鬆心情，當作是異鄉快樂的洗塵，跟著品嘗一種慵懶的情調，從日常生活的沉浸，慢慢認識這個城市。

當走進婚宴現場，簡直令我大開眼界，古老氣息的城堡、生氣盎然的花園，草地上竟還有兩隻孔雀在逛街，好像走進了電影場景。婚禮從傍晚才開始，所以新人可以睡得飽飽，精神抖擻地來參加自己的婚禮，從頭到尾，新娘只穿了一套白色婚紗與一套晚宴服，剩下的時間大家都在盡興地吃飯、喝酒、聊天、跳舞，直到深夜 12 點。跟台灣折騰新人的婚禮完全不一樣，我們的新娘子凌晨就要起床化妝，然後展開一連串的婚禮流程與換衣秀，連自己的婚宴也沒辦法好好吃飯，真的好辛苦，這場自由浪漫的蘇格蘭婚禮，讓我印象深刻。

我基本上是對愛丁堡一見鍾情，它是英國蘇格蘭的首都，是座人文薈萃的古城，也是唯一在二戰中沒被炸毀的城市，蘊含許多歷史的起源，很像台南之於台灣。在愛丁堡，三百年以上就算舊城，三百年以下就算新城，像我的住家有 185 年歷史，也算是住在古蹟裡。不管是舊城或新城，都被聯合國教科文組織列為世界遺產，保留了各種時代的老建築，被稱作活的建築博物館，漫步其中，一轉彎就走進了歷史的軌跡，和有畫面感的故事裡。

石頭砌成的小道、尖塔的老教堂、維多利亞式的建築群、古典空靈的天鵝湖、羊群山丘散步的場景，那些童話故事裡的描述，原來真的存在這個世界上，處處都是讓人心醉的美景，我每天像活在夢裡，每天都像重新誕生，完全喚醒了體內蟄伏的美學細胞，枯萎的心再次被許多美麗的事物滋養，原來，在世界的另一端，有人過著這樣豐美的生活。

由於在百年前，愛丁堡就做了都市計畫，所以規劃方正，綠化徹底，每三五個路口就是公園綠地，十字路口就有雕塑佇立，而且設立不同主題的美術館、博物館，讓民眾免費參觀，光是愛丁堡就有高達 20

多個藝廊，藝文風氣鼎盛，也是世界第一個文學之城。而年度盛事—愛丁堡國際藝術節，包含舞蹈、音樂、歌劇、繪畫等各種藝術型態，所交織出的藝文鋒芒，不但是我的最愛，更是影響我一生的轉捩點。

　　尤其是歌劇演出，因為我本身就熱愛音樂與表演，像《悲慘世界》、《西貢小姐》、《貓》、《歌劇魅影》等等名劇，在這個世界級的藝術殿堂，我能看的都看了，不禁讚嘆！歌劇的表演者真是世界上最棒的演員，除了長相好，唱跳與台風都必須要非常突出穩健，我就像一塊飢渴的海綿，不斷吸收愛丁堡的所見所聞與藝文底蘊，每天都像在文化裡旅行。

　　這裡的人們豪邁友善，除了有直率的草根性，還有高度的接納性，在這裡，我不會因為台灣原住民的身分而被歧視，大家對來自世界各地的人都習以為常了，加上我的個性本來就比較外向，像隻變色龍適應力超強，很能主動交朋友，也很努力融入在地，所以人緣還算好，我在想如果我沒有成為藝術家，應該會成為一名出色的公關吧！

　　像我後來在西班牙，鄰近巴塞隆納海港的地方有間小工作室，才住了一天，整條鄰居都認識我了，因為我都會主動打聲招呼，雖然西班牙話不太靈光。在愛丁堡搬來前幾天也是這樣，左鄰右舍被我遇到，一定會跟他們聊上幾句。有一天，居然還有小孩來敲門，要找我學武功，我當下隨便露了一手，大家就「哇」的大讚，其實我沒有功夫底子，只是因為當年要考國立藝專，有學了國劇，就把武生的招式拿來秀秀。在某些意想不到的時刻，你會發現，原來人生所學的東西，總有一天會派上用場。

　　來到愛丁堡，我擁有了一堆好朋友，大家都愛著我、接納我，當我是家人，還對著我說：「你就是我們蘇格蘭人！」對於從小因原住民血統而被排擠的我來說，這種無私的認同慢慢改變了我，加上豐厚的藝術資源，夢想的生活品質，人生如果有選擇，住在這裡有何不可？就算我想家，但畢竟我在台灣，是沒有機會也沒有希望的。

　　啟發我的藝術之路，先天是來自於原住民野生的天賦，後天就是我接觸到西方的開放環境，被愛丁堡所有太美的事物與文化所薰陶。所有的藝術家，都渴望跨界藝術的衝擊，這裡無疑就是藝術家的天堂，我的心裡冒出了一個溫柔堅定的聲音：「我想要留在這裡。」這一切來得順理成章，我真的徹底愛上愛丁堡這第二個故鄉了。

兩件風衣

/ 藝術是最柔軟的外交 /

　　「兩件風衣」不是全新的服裝品牌，也不是周潤發的英雄本色，而是兩位部落青年在愛丁堡所成立的國際藝文交流平台。很多人都問，為什麼要叫「兩件風衣」？其實是這樣的，2014 年的冬天，我跟來愛丁堡念博士班的 Biung 走在 George Street，當時我們正好聊到，未來要如何透過國際藝文交流的經驗，把台灣優秀的原住民藝術推廣出去，也順便引薦在地藝術家與台灣有所交流，我們越聊越興奮，就半開玩笑地提出，乾脆成立一個交流平台，順便想個名字，剛好那天風很大，我們又都穿英式風衣，於是「兩件風衣」這個名字就誕生了。

　　我們期待能夠推廣全球當代原住民藝術，及拓展台灣原住民文化與藝術視野為目標，在國際當代文化藝術交流中，呈現出台灣原住民真實性的觀點，透過策展實踐與國際不同文化間，進行跨領域藝術交流。兩位創辦人的性格迥異，常常激盪出很多精采有趣的火花，阿美族的我

Two Windbreakers
兩件風衣國際藝文交流平台

樂天隨性，布農族留學博士生的 Biung 認真嚴肅，常常是 Biung 一本正經地在準備報告，我則悠閒喝著咖啡，和來賓招呼寒暄，但一樣的是，我們都深愛著台灣這座島嶼，熱愛著藝術創作，還有孕育我們成長的原住民文化。

　　我記得有一次，託 Biung 的福，有機會一同前往關島，參加每兩年一次，由太平洋歷史協會主辦的的學術論壇，但受困經費不足無法成行「兩件風衣」。雖然我們是經過國際主辦單位甄選，且榮耀地被通知入選發表，也按照程序向台灣政府相關單位申請學術交流的資助，但最後卻未能如願，讓我們感到相當沮喪，畢竟能夠入選發表的機會很難得，我們也想為台灣在國際藝術交流上做一點事。最後只能幽自己一默，或許是能見度高，大家誤以為我不需要資源，所以資源就永遠不會想到我，也或許是自己的努力不夠，總之最後我只好親自下海主動尋找收藏家，割捨自己心愛的畫作，才終於跟 Biung 踏上這趟國際藝文交流的關島之旅。

　　在學術交流的那一週，我們除了發表順利外，還引起了許多不同國籍學者的探問與邀約，成功宣傳了台灣原住民藝術之美，並為自己贏得了關島、紐西蘭、夏威夷與澳洲等國際交流的機會，我們始終相信機會不會自己送上門來，唯有靠著自己主動的敲門，才能有機會被看見。這些收穫，讓單打獨鬥的我們，頓時放下重擔，心裡覺得很踏實，覺得藝術外交這條路是對的。

　　學術發表後，緊接著就是太平洋國際藝術節，這個活動已經行之有年，每四年在不同的太平洋玻里尼西亞族群的島國輪流舉行一次，堪稱是南太平洋原住民界的奧運會一樣的重要。在這期間，都會吸引各島

的原住民族群代表以及觀光客湧入，你可以想像那種四處都是穿著各自島嶼的傳統服裝，聚集在同一個場地的畫面時，那會有多盛大壯觀嗎？斐濟、關島、薩摩亞群島、大溪地、紐西蘭、澳洲、台灣原住民、吐瓦魯群島 …… 許多第一次聽見的名字，讓我們充滿興奮與好奇。

　　大家身上配戴著貝殼項鍊、草編圍裙、動物獠牙、花圈、紋身藝術、羽毛以及豔彩布料，簡直就跟嘉年華一般熱鬧，只是更有生命力、更具大自然的原始之美。我遊走在裡面開開心心地微笑點頭著，並拍下了許多珍貴的和平畫面，心裡感動到不能自己！甚至還有人以為我是他們島上的同胞，用我聽不懂的話跟我交談，只因為我們都長得太像了，真的很像失散在不同國度的親戚。

　　大家也許不知道，近幾年來經過語言學家、歷史學者、考古與DNA 研究員，以科學的方式證明了一件事，所有南島語系的族群，其實是從台灣分支出去的，完全顛覆了過去我們都以為，台灣原住民是從其他島嶼飄洋過海而來的說法。因此台灣的原住民站在一個猶如母親與起源地的角色，對整個南太平洋的玻里尼西亞族群來說，具有非常重要的地位，但這個母親一直到現在為止，還不被自己的國家好好重視。

　　台灣土地面積相對較小，天然資源不足，但蘊含豐厚的文化內涵，因此，文化外交與藝術推廣反而是巧實力，可以讓我們在國際被看見、被聽見！我覺得政府機構或民間單位，在進行藝術交流或是藝文活動時，應該具備高度格局與細膩操作，才能讓所有資源不被浪費，發揮最好的效益，要能體認美學品味是國民素養的最高展現；藝術家是這個社會的重要資源，而不是負擔！

　　想想有哪幾個成功發展觀光，並帶來高經濟價值產物的美學城市，如巴塞隆納、愛丁堡、巴黎，哪一個不是因為藝術家所創造出來的文化而帶來繁榮？台北華山藝文中心、台東鐵花村、都蘭糖廠、墾丁音樂季，一開始也都是藝術家們開創出來的，只有我們珍惜藝術家的價值與重要性，產官學界以整合性的策略與資源投入，支持藝術家盡情展露才華，台灣一定可以讓世界驚豔。

用兩顆眼睛看世界

/ 一顆叫作東方，一顆叫作西方 /

　　旅行，會打開一個人的眼界，我遠行過；顛沛過；流離過，透過旅行的足跡，我看見更大的視野，也打開生命的格局，一趟飛向英國的旅行，從此將我的世界分成了東方與西方，從裡面找到共同，也從其中欣賞不同，學習用兩顆眼睛看世界，一顆叫做東方，一顆叫做西方。

　　一直以來，我的創作題材是多元的，從西畫、中國潑墨畫到原住民當代藝術系列，都有我想嘗試的方向，藝術是經年累月，一點一滴累積出來的。神在愛丁堡為我打開一扇藝術的窗，因為愛丁堡常籠罩在溼答答、灰濛濛的天氣，所以我畫作裡那些鮮豔爆發的色彩能量，一下子就劃破冷冽的氛圍，傳遞了亞洲熱帶特有的活力，受到很多歐洲人的喜歡甚至收藏。

　　原住民從小就會接觸很多動物，所以我也很常畫些日常的貓啊、

狗啊、羊啊，沒想到居然成為非常暢銷的作品，後來才發現原來英國人
非常喜愛動物。除了萌樣動物系列，當然也有畫些比較特殊的作品，像
有幅修女拿槍的畫作，只是想突顯修女也是人，想談的是深層的人性。
相形之下，西方人能給予較大的創作空間與幽默感看待，也會比較勇於
與創作者聊作品、聊概念、聊觀點……東方人則會比較害羞，對於藝術
家來說，會得到很多不同角度的回饋與激盪。

　　外國朋友也常跟我分享，他們很喜歡台灣人的友善人情，還有種
種對於東方神秘文化美學的著迷，身為一個中介者，我可以用有趣的角
度，觀察東西方的差異，像是膚色，東方認為皮膚白，就代表美麗、富
貴，而西方，崇尚的是健康黝黑的膚色，像我身上的蜂蜜琥珀色，就是
他們眼中最頂級的膚色，覺得這是美的代表，也象徵有錢可以去度假曬
太陽。

　　對於女性的審美觀也完全不同，西方人覺得亞洲女生的丹鳳眼、高顴骨，非常地性感迷人；而東方人卻偏愛大眼、面相豐滿，有時候，只要換一種角度，我們就可以欣賞每個人的獨特之美，而每個人只要接受自己的原貌，對自己抱持信心，自然就有懂你的人會出現。

　　而東西方的飯桌，也呈現很有意思的對比，圓桌象徵一種團圓和氣，方桌象徵著一種自由獨立，歐洲人吃晚餐要吃個兩三個小時，從餐前酒、前菜、主菜、甜點、餐後酒，一邊品嘗美食，一邊閒聊生活，慢慢咀嚼食物與話題，而台灣的飯桌上，節奏是明快的，所有的菜都會趕著上齊，而且大人一定會叫小孩專心吃飯，不要講話，所有的文化與習性，都是從餐桌上慢慢長成的。

　　我很愛台灣和愛丁堡這兩個截然不同的對比，因為可以讓我延伸，生命不受限制的沉澱與思考，曾經有人問我：「如果你愛台灣，為什麼還要住在國外？」我覺得人要把愛放大一點，它不應有國與國之間的界線，而愛台灣不應該只淪為口號，如果人待在台灣，但心不在，那還算不算是愛？

　　我愛台灣的方式，是把台灣原住民藝術帶到國際舞台，用藝術行銷台灣的文化特色，像積極參與駐愛丁堡的外交使節，所舉辦的台灣文化節、國慶晚宴、元旦升旗等等，我一定會推掉所有邀約去參加，記得有一年國慶晚宴，我向使節建議舉辦台灣原住民主題，後來得到對方的全力支持。我非常榮幸能在每個聚光的時刻，讓台灣的原住民文化被看見。

　　那晚特別邀請阿美族古調國寶林照玉老師，現場吟唱阿美族古調，

還有唱國歌,也請爸媽著傳統族服出席,讓留學生們穿著阿美族服裝擔任接待,還提供原住民傳統服飾,讓與會的貴賓穿戴拍照,並向海外朋友介紹台灣十六族原住民,後來據説是史上最成功的晚宴,完成了一場賓主盡歡的漂亮外交。在東西的文化裡穿梭,讓更多人可以看見台灣的美,就是我放在心裡的使命。

一路笑場的孝親之旅

/ 幻想天鵝煮薑湯 /

　　在生命重要轉角的愛丁堡，幾乎可以算是我的第二個家了，這裡步調悠閒，風景如詩的鄉村生活，讓我重新找回恬淡自得的樂趣。我非常喜歡在午後，漫步在住宅區內的小巷弄裡，欣賞每戶人家別出心裁的小庭園，在台灣種花種草常被認為是養老的人才有空做的事，但在這裡已經完全融入英國人的日常生活，他們不分男女老少，對於花草造景的喜好，充滿興致與熱情，拈花惹草的功力，一個比一個厲害，這對於居民生活品質的改善，有著絕對的影響力。

　　英國人透過花草迎接著不同的季節，還不用走到山郊，每戶庭院就會綻放四季的景致，一整個社區都是這樣用心地美化景觀，創造出一個賞心悅目的居住環境，這是一種生活的美學。有時候他們會友善地開放供給外人觀賞，主人還會熱心地講解這是什麼花、那是什麼樹，幸福與驕傲全寫在臉上，因為這是他們花時間與心力所灌溉出來的一個小天

地。被滿室的花草縈繞，喝杯咖啡或花茶，簡直像隻幸福棲息的青鳥，我從花草的形狀、色澤、香氣，感受到自然原樸的能量，還有取之不竭的靈感。

記得有一年，我帶爸媽來愛丁堡遊玩，對於家家戶戶都有花園，兩位老人家覺得美不勝收，但也有點不習慣，畢竟阿美族是吃草的民族，採集野菜是我們飲食生活裡很重要的來源，但望著這些很有個人品味的英式庭院，完全沒有野菜出沒，加上爸媽在家都有務農，覺得這庭院沒拿來種些可以吃的蔬果野菜，真是太可惜了呀！畢竟在我們老家，植物走的不是觀賞路線，而是從庭院到餐桌的食材路線。

除了私人小庭園，這裡的大公園更不用講了，大樹就讓它自由，愛長多高就長多高，池子裡的野鴨、天鵝，愛在哪裡築巢，就順著牠們，這些寶貝過路時，人們還得讓路。爸爸第一次在大公園裡看到松鼠，就這樣大剌剌地走來跟他要果核吃，綠頭鴨也老神在在睡在人走的小徑邊，我這位獵人爸爸覺得很不可思議：「奇怪！這裡的小動物怎麼都不怕人？如果在部落，他們老早就沒命了。」

媽媽更勁爆，當她看到優雅的天鵝在池中游過，就帶著詭異的口吻，喃喃自語地說：「哇！這種體積肥美的大鴨一定很多肉，拿來切薑絲煮湯一定很好喝！」天啊，眼前這樣恬靜的美景，怎麼會想到薑絲鴨肉湯啦？對自給自足的老一代原住民來說，動物就是食物啊，聽完這兩位部落老人恐怖的談話後，我連忙地勸說：「在這裡獵捕野生動物是非法，可是會坐牢的，請兩位耆老深思，切勿妄自行動啊！」還好我有即時做政令宣導，才讓天鵝煮薑湯的悲劇沒有發生。

　　由於我很迷戀歌劇的魅力，在愛丁堡常有不同劇作的演出，為了讓爸媽感受異國文化的洗禮，有一次在倫敦，我特別帶他們去看了人生中第一場歌劇演出，爸媽還特別打扮了一番，走進古典華麗的歌劇院，空間裡飄散著未曾褪去的澎湃情感與情境張力，不管任何人都會被感染文藝的氣質，我們坐在前後排的座位上，滿心期待、聚精會神地迎接震撼的開場。

　　正當我陶醉在精彩動人的現場演出中，突然聽到一陣巨大的打呼聲，劃破了美妙的天籟，那鼾聲感覺非常熟悉，而且是從我的座位前方傳來，我當下簡直要瘋了：「媽呀！是我媽！怎麼能在這個神聖的音樂殿堂睡得如此香甜啦！」我反射性的伸出腳，踢了前方媽媽的座位，想把她快點踢醒。結果，當天受到異國文化薰陶的只有我爸，他相當享受所有的過程，媽媽睡了出國以來最深沉的一場好覺，我則是嚇出了一身冷汗。

　　有人說：「旅行不是去了哪裡，而是跟誰一起去。」這句話我有深深的體認，帶著爸媽的出國初體驗，發生了很多的趣事和所預想的完全跳拍，不按牌理出牌的行程，我們還是一路笑到底。一個人旅行是自由，兩個人旅行是浪漫，但和父母去旅行，是有時效的夢想，趁著爸媽身體還健康，帶著他們看看世界，留下那些會笑到流淚的珍貴回憶，沒什麼比這個更值得。

餐桌上的老鼠

/ 一口食物一口文化 /

　　環遊世界四十幾個國家，食物就像是一扇國家的大門，熱情迎接著所有來訪的旅人，一打開就是日常風景的庶民文化。餐桌上的「味道」，豐富了平凡的生活，也保存生命裡對人、事、物的美妙記憶。世界美食因著文化與環境而延伸出許多不同的食物，日本有生魚片、美國有漢堡、法國有螺肉、義大利有披薩，這些都很常見，其實還有些異國風情的食物，大家可能比較少見，甚至連聽都沒聽過，記憶中有一些奇特美味經驗，是令我永生難忘的。

　　在西班牙旅行時，我發現當地人對於最講究的午餐，可以花三、四個小時來享受，很懂得花時間品味美食的精髓。那時無意間吃到了一盤前菜「蕃茄羅勒佐鯷魚」，當時我還很好奇怎麼會有這種東西，結果一口咬下去後，我的記憶馬上回到童年的部落裡，那個味道太像我們阿美族吃的一種傳統小菜「海鹽醃魚」，這種味覺對於記憶的串連感實在

/ 番茄羅勒佐鯷魚 /

/ 蘇格蘭羊胃袋 Haggis /

/ 黃金香酥天竺鼠 /

/ 吉那富小米粽（感謝李文瑞先生提供）/

是太奇妙、太驚人了，短短瞬間就帶著我穿越了時空，從異鄉回到了故鄉，我第一次體會到，食物是沒有國界的。

2013 年到秘魯旅行時，導遊向大家介紹了一種當地的名產，而且推薦非嘗不可！就是「黃金香酥天竺鼠」，車上女性們聽到之後的反應全都花容失色、驚叫連連，同行的歐洲男生們反而興高采烈地躍躍欲試。這種地方菜很不可思議的是，它幾乎在每一家餐廳的菜單上都看得到，可見在這裡是一種非常普遍的蛋白質來源，可能是這裡的地理環境很適合這些毛小子生存，所以才能大量繁殖。我是抱著好奇的態度跟著進來餐廳瞧瞧的，當這道名菜端上來時，我簡直不敢相信我的眼睛，盤子上躺著一隻肥大的天竺鼠，被炸熟到金黃色後，放在五顏六色的蔬菜中央，口中還咬了一整顆的蕃茄，呲牙咧嘴，面目猙獰，慘狀不忍卒睹。

其實講老實話，我很不確定要不要跟著去嘗，因為我什麼動物都不怕，唯一就是怕老鼠。記得高中上地理課時，有一隻肥大的田鼠誤闖了我們的教室，還直直的往我的方向跑來，嚇壞了班上所有的女生外，還逼得大家跳到座椅上躲避，後來班上幾位男同學將老鼠抓住丟出去後，才發現我是班上唯一站在桌子上的男生，真是丟臉！今天要我去品嘗這隻保留全屍的天竺鼠，真是挑戰我的恐懼極限啊，no, thank you very much！就當來開開眼界就行了。

蘇格蘭除了盛產蘇格蘭裙與威士忌，還有一道最有名的地方菜「蘇格蘭羊胃袋 Haggis」，早期高地的農牧居民，為了不浪費宰過後動物的任何部位，所創造出來的食物，過去農婦們會將剩下的心、肺、胃、肝等部位參雜在一堆麥片裡，拌進洋蔥與什錦香料，裝進羊胃袋裡烤熟，就可以讓男人外出工作時當便當裹腹，後來的人將它的吃法做些變

化，把它切片後配上馬鈴薯泥、蕪菁甘藍泥，加上一杯威士忌，就成為一道好料！有位蘇格蘭詩人羅伯特 · 伯恩斯，甚至在 18 世紀為這道菜寫下了一首詩句，來讚美它的美味「Address to a Haggis 」後，它就搖身一變成了國菜，現在在一般高級餐館要端出這盤菜時，還會有風笛手特別為它演奏出場並朗誦，大家有機會來蘇格蘭時不妨嘗嘗，但怕

腥騷味的人可能就要考慮了。

在台灣旅行，也有一道令我魂牽夢縈的料理——「吉那富小米粽」是種原住民的傳統美食，常見於卑南族、魯凱族與排灣族的部落裡。在過去，只要有祭典、婚宴與節慶時，都會製作這道美食，男人負責採集月桃葉，女人則負責搓揉小米，若當中有孕婦在場，一定會請她先做，以帶來豐盛連年，這種美食乍看之下很像粽子，但近看後會發現它是長條的形狀，跟平常我們看到的角狀不同。

它的做法是將小米和豬肉包在 Lavilu 假酸漿葉裡，因為這種葉子能夠幫助消化解脹氣，然後外層再包上質地較硬的月桃葉提香，經蒸熟後，就可以開鍋供大家享用了，是一種非常溫飽但具和諧氣息的傳統美食。記得第一次品嘗到吉那富小米粽時，我才十八歲，那年我到台東卑南族南王部落朋友家做客，當時朋友送給我吃時，她告訴我葉子也可以吃時，令我好驚喜！那是一個月亮高掛的晚上，我們一邊彈吉他唱歌，一邊享用吉那富，那美妙吮指的滋味，我到現在還記得。

食物跟風土、物產、歷史息息相關，從食物的脈絡裡，可以咀嚼出層次豐富的故事，像台灣的特色小吃「臭豆腐」，也臭到揚名海外、舉世皆知。世界之大無奇不有，若我們不抱持先入為主的偏見，就能品嘗到各種不同文化的美食和驚喜，我相信，吃下一口食物，就是理解一口文化，你準備好去嘗一些你從來沒有吃過的食物了嗎？

36

小米酒的榮耀

/ 如果有一種足以代表台灣的酒 /

　　在很多吃飯的場合，我常會遇見有人找我喝酒，有些出自於熱情好客，有些出自於錯誤認知，除了硬拉著我，要我乾杯才算給面子，有時甚至還會說出挑釁的言語：「你們原住民不是都很會喝！」我聽了心裡很不是滋味，很生氣原住民一直被喝酒這件事污名化。以前自己都會忍耐下來，但次數多了，就會直說：「我有痛風，真的沒辦法喝那麼多。」我發覺，如果長久默默把誤解吞下去，不說明自己的態度與立場，大家就會漸漸被這樣的印象給洗腦，請別再將喝酒的負面形象加諸在原住民身上了，因為我們根本就沒有所謂的乾杯文化啊！

　　我向來很不贊同台灣的應酬文化，喝酒一定要敬來敬去，沒完沒了，超級累人，放著滿桌的菜，都沒時間吃飯，直到喝到掛，抱著馬桶狂吐，不但糟蹋自己的健康，也是對好酒的貶抑與浪費，而且根本沒辦法和人好好溝通與交流，陷入一杯又一杯，無法停止的傷肝競賽中。在

/ 感謝台東 MATA 家屋、不老部落民宿等單位提供 /

國外，喝酒是一種美麗優雅的情趣，外國人不會勉強別人喝酒，他們享受的是，一杯好酒真正的層次與滋味，還有放鬆開心的氛圍。

在原住民的文化裡，喝酒是種重要的儀式，部落裡的共杯飲酒，代表主人對客人最大的盛情與款待，用來聯繫親友和族人間的感情。透過不同聚會，喝酒所傳達的深意非常多樣，像是待客的尊重、談判的和解、友誼的建立、婚姻的祝福、部族的締盟……等等，這些盛大的場合，酒都是扮演關鍵的文化物件，甚至連裝盛的酒器，還會雕刻圖騰紋樣，象徵特殊的寓意。對原住民來說，喝酒是大事，絕對不是打發無聊消遣的玩意，這個喝酒的文化與傳統，需要透過我們自身的回溯與傳承，才能讓別人學會尊重。

像小米酒是原住民神聖的象徵，也是台灣最早的釀造酒，在食物並不充裕的年代，只有多餘的糧物，才能用來釀酒，那是一種愛惜糧食的精神，也代表了豐收與感恩。畢竟早期的部落，連白米都算是奢侈品，我們通常只能吃地瓜，以前，小米酒只有在祭祀或慶典上才會使用，是我們敬畏天地、緬懷祖先的聖物，因為常是部落的媽媽親手釀造，那意義不只是酒，而是注入情感與文化的汁液，經過浸泡、蒸熟與發酵等過程，安安靜靜放在家中一角，等待時間的熟成，很像再次耕種的概念，努力用雙手付出，然後等待上天賜予的結果。

我記得，小時候媽媽會帶著我們，跟外婆學習釀酒的技術，以前用的是小米，現在比較常用的是糯米，依每個人不同的性格、手感與當下的心情，所釀出的小米酒味道是不一樣的。對原住民來說，小米酒是有靈性的，當一粒粒白潤飽滿的米粒，變成一滴滴香醇酸甜的酒液，一打開就飄著獨特的香氣，很像是上天施展的奇蹟，所以每一滴我們都非

常珍惜，會以慎重恭敬的心飲用。

　　小米酒的文化淵源很深遠，與原住民的生活息息相關，它連結了森林與海洋，在入山打獵前，在下海捕魚前，我們會向山神、海神與祖先敬酒，祈求一切平安順利，這樣的傳統延伸到現代，一些部落將小米酒轉變成原住民的品牌，我很開心見到原本只存在於部落裡的小米酒文化，讓更多人品嘗到，這不就是酒類中台灣的原生種，土生土長的原汁原味，一種用喝的台灣滋味。

　　如果葡萄酒能夠代表法國，我覺得小米酒絕對有實力能夠代表台灣，因為它串連的是來自這塊土地的原住民、產物與信仰，它有好多好多的故事可以敘說，可以搭配很有創意的小米酒行銷，像是小米酒節、冠軍酒評選，來自什麼部落、什麼年份、建議搭配什麼佳餚……有太多可以發揮的素材。結合產地旅遊與文化體驗，透過整體完善的策略與規劃，反轉對原住民酗酒的誤解，讓小米酒成為原住民的榮耀，走上國際舞台，征服眾人的味覺，感受甘甜醇厚的小米酒文化。

從北大武山復活的古謠

/ 陶醉泰武古謠傳唱的餘韻 /

　　在 2016 年的夏天，完成最後一場台中的校園藝術課後，我就下定決心暫停演講、授課等階段性任務，要督促自己好好回到畫布前認真創作，但自從在鐵花村被泰武古謠深度催眠後，我又大老遠跑到屏東的泰武國小教繪畫課，我在心中吶喊：「怎麼會這樣？怎麼會這樣？」我望著一直躺在角落裡休息的畫筆，心想自己的意志力真是太薄弱了，讓只聽過一次的人間天籟，就把我誘拐到島嶼的最南角。

　　就在一個月前，我和朋友一起到鐵花村聚會，在毫無心理準備的狀態下，第一次聽見了泰武古謠傳唱的現場演出，當下因為太過震撼，我不自覺地全身起了雞皮疙瘩，孩子們純淨空靈的歌聲、排灣族旋律優美的古調，像一抹溫柔如瀑的月光，撫慰了我奔馳太久的心，我停靠在一首又一首，像似來自遠古的幽喚，我閉上眼睛，享受著回到搖籃搖晃，生命裡最純真無憂的時光，最後，我們在泰武古謠的歌聲中，全場一起

/ 泰武古謠傳唱 查馬克 /

手拉手跳起舞，所有人都感動到不行，一直安可，久久不散。

原來，泰武古謠傳唱隊的誕生，來自於一位部落青年查馬克的努力，他的身形高大挺拔，簡直就是熊一般的男人，但心思細膩、毅力過人。他將已經消失一甲子的排灣族古謠，透過者老們與排灣族語老師的協助，一首首重新蒐集與考證，在過去，所有的原住民沒有文字的使用，都是口述的文化與歷史，古謠的歌詞用的是排灣族的文言文，詞語精簡但含意深遠。他將老人家哼唱的古謠，逐字逐句的記錄下來，再將這些珍寶傳承給下一代，讓孩子們以歌聲連結祖先，了解自身文化與部落情歌的優美動人，一開始的過程非常艱辛，查馬克每天要花兩個鐘頭以上的時間，接送住在不同地方的孩子練唱，也會帶領著孩子們登北大武山，在山頂唱歌慰藉祖先，記得自己土地的根。

這些排灣族的孩子，不但讓古謠重新復活，唱出一種美麗的傳承，蘊含豐厚文化的歌聲，讓全世界的耳朵都驚豔了。錄製的專輯不但獲得金曲獎的肯定，來自全球的邀演更是好評不斷，從日本、德國、法國、比利時、盧森堡、瑞士等，都可以看得到泰武古謠傳唱隊感動傳聲的足跡，台灣有著十六族的原住民，都有自己引以為榮的傳統與天賦，可以讓世界看到屬於台灣多元鮮明的藝文風貌。

活潑外放的阿美族和含蓄內斂的排灣族，性格非常不一樣，但阿美族的我和排灣族的查馬克一見如故，當晚就敲定了去泰武國小幫孩子們上繪畫課的邀約，我想我就是被這麼迷人的天籟給催眠了，他們說：「唱歌，是生活裡最重要的事」、「雄偉的男人要像檜木，美麗的女人要像彩色叩頭蟲。」古謠抒發了真摯的情感與大自然的生活哲學，是孩子們最美好的啟蒙教育。

　　在如此動人的因緣際會下，我來到位於北大武山山腳下的泰武國小，一走進去就被富有傳統故事、色彩飽滿的圖騰給吸引住了，由陶甕、百合、太陽、百步蛇、人頭紋與幾何圖案，組成這個被日本人譽為世界上最美的小學。在這樣被藝術元素所環繞的環境下畫畫，是件多麼幸福的事啊，我帶著孩子們，在純白的畫紙上，描繪出自己的想像與情感，其實，畫畫就像是用畫筆在唱歌，可以透過圖案與色彩，譜出心靈視野的夢想旋律。

　　孩子們在歡樂輕鬆的氛圍下，所激發出的作品讓人眼睛一亮，圖繪自然奔放，用色濃烈大膽，他們把畫畫當成遊戲，只有樂趣沒有壓力，應該可以稱作年紀最小的自由創作者吧。每一幅畫作都表達了自己強烈又獨特的想法，我覺得各種藝術的型態，不管是歌唱、繪畫或是舞蹈等等，都能讓孩子感受自己真實的情感、無限的想像，還有與大自然的愛。這些孩子們的笑容，就是驅動我的力量，所以我又和查馬克約好，今年冬天我會再回來，期盼泰武古謠傳唱的美聲，能夠縈繞著孩子們的成長，每一步都有著祖先的指引與守護。

野蠻紳士

/ 當個快樂的變色龍 /

　　旅居海外這麼多年，發現東方人和西方人，有著許多文化上的差異，常形成非常有趣的對比。當你越打開心胸去理解與接納，就能擁有越寬闊的世界觀，我們往往會落入以自身的經驗或價值去判斷別人的盲點中，而忽略了在不同文化背景下長大的人，小到連吃東西、喝咖啡，都是截然不同的認知，走出自己的生活圈，去看看外國的月亮，不見得比較圓，但一定會讓你眼界大開，得到很多奇妙的知識與體驗。

　　就拿到別人家做客這件事來說，台灣的小孩從小被教育，到別人家要有禮貌，一定要幫忙端菜、收拾餐桌、洗碗等等雜事，但在西方，如果未經主人同意，你擅自跑進廚房幫忙，或是整理餐桌、開冰箱等等，都是非常不禮貌的行為，會造成主人的困擾。以前不知道外國人這個習慣時，每次我在愛丁堡辦家宴請客，會起身幫忙的都是亞洲朋友，歐美朋友都乖乖坐在餐廳或客廳，屁股一動也不動。那時我們一票亞洲

朋友，都覺得老外怎麼都那麼驕縱，一點做客的禮儀都不懂，後來才知道，他們坐著不幫忙，才是所謂的尊重主人家。

還有亞洲人請客，絕對是準備滿滿豐盛的一桌菜，像熱鬧的辦桌一樣，所有菜都要一起上，才能讓客人感受主人的盛情。輪到外國人宴客時，他們家的餐桌上，每個人只會有一盤食物，裡面有蔬菜、澱粉、肉類，我們亞洲人看到這一盤都覺得有點寒酸，就算前菜或甜點，也都只有一份，經外國朋友解說，原來西方人並沒有分食文化，從小到大，他們的用餐方式就是這樣，比較注重個人衛生，很有獨立自主的風格，從飲食就可以觀察出來。

東方人常以敬酒豪飲代表對客人的熱情，如果不乾杯，就是不給面子，甚至有灌酒灌到新郎掛掉的新聞，但西方人沒有所謂的勸酒文化，他們的「cheers」就是「敬你，請隨意」的意思。像蘇格蘭人喝威士忌，都是慢慢喝邊聊天，一瓶酒大概可以喝個一個月。我有一位外國朋友，他是經銷威士忌的酒商，他說他一年賣到亞洲的威士忌，就高達二百多萬瓶。我跟他說，在亞洲人的應酬飯局，常常一個晚上就乾掉一瓶威士忌，讓老外非常驚訝。而到了西班牙，喝酒時彼此舉杯敬酒，一定要眼對眼，否則就會招來七年不好的性生活，這是一個非常幽默的典故，很適合炒熱氣氛。我很喜歡西方人小酌的文化，沒有乾杯的業績壓力，十分放鬆舒服。

我記得有一次旅行，我帶著爸爸媽媽來到法國的香榭大道，特別挑了世界知名的花神咖啡館，想讓兩老體驗法式風情，兩位老人家不知道花神咖啡館外面的位子最貴，因為可以一覽大道美景，還不太開心付錢坐在路邊，怎麼不進去裡面坐坐。當我從洗手間出來，看到兩位可愛

的鄉巴佬拿著小湯匙，一口一口、小心翼翼的喝著咖啡，差點沒笑翻過去，媽媽還一邊埋怨：「這湯匙怎麼那麼小？」，他們覺得湯匙就是拿來喝湯的呀，我後來才解釋，這小湯匙是用來攪拌糖或牛奶用的，所謂活到老、學到老，我的爸媽就是最好的見證。

其實就連喝咖啡，東西方也都很不一樣，亞洲人常常加的奶精，在歐洲並沒有，尤其在法國或是西班牙，他們加的是真正的牛奶。我就曾在泰國旅遊，親眼看到一個法國客人，向服務生要牛奶，結果送來奶精，在法國客人的要求下，服務生只好送來從冰箱拿出的冰牛奶，但法國客人非常堅持，他要加在熱咖啡裡的，一定要是熱牛奶，這樣才不會破壞咖啡的口感，這是法國人喝咖啡的傳統，但如果我們不了解這樣的飲食脈絡，一定會誤以為他是奧客，但這其實只是飲食文化的不同。

我覺得這些年遊走在東方與西方文化之間，已經被薰陶成了野蠻紳士，有著歐亞混合的性格，回到部落的我，天性豪邁奔放，可以大口喝酒、大口吃肉，在外國長居的我，也養成了紳士的特質，言談舉止可以優雅自在。我們應該更開放的探索這個世界，不管你是漢人進到部落，或者你是旅人來到異國，都試著把自己歸零，去深入了解、尊重別人的生活，融入所在的環境，國與國、人與人之間就沒有藩籬，鼓勵大家可以在旅行中，當個快樂的變色龍。

墓園裡的足球場

/ 墓碑可以是裝置藝術 /

　　每次去演講，大家最喜歡聽的，就是我在國外生活的趣事，很多是歐美人與亞洲人因為生活習慣與文化風俗的不同，而衝擊出的各種奇特情節，這些真實的故事，之所以具有戲劇張力，是因為我們彼此都站在觀點對立的方向，那是成長的經驗與文化的薰陶而形成的，這些論點沒有對或錯，沒有好或不好，我們只要放輕鬆一點，去吸收對方的想法與養分，去學習所有新奇的事物，就會發現這世界有好多寶藏，等著我們去挖掘。

　　在台灣的習俗裡，只有清明節，我們才會去墓園掃墓，平常時候，我們沒事絕對不會來墓園蹓躂，生怕沾染不好的髒東西，跟著自己陰魂不散，對於這個祖先長眠的地方，向來都是敬而遠之，甚至還有鬼月的習俗，家家戶戶都會中元普渡，連大賣場廣告也都打著好兄弟的創意。在農曆七月諸事不宜，不管是結婚大事，還是買房買車，都要先緩緩，

當然也帶來很多產業的淡季，東方對於死亡，是黑色的恐懼，充滿禁忌與未知，跟西方的生命觀大相逕庭。

當我來到了愛丁堡，還有歐洲其他地方，發現西方的墓園，完全是另外一片彩色的天地，讓我好吃驚。在城市裡的墓園，通常和住家只有一牆之隔，因為綠意盎然的草皮，都被整理得很乾淨，沒有任何的陰森感，所以人們常常來這裡遊憩，把它當作公園沒兩樣。平常的日子，小孩成群結伴在墓園裡踢足球，兩隊人馬在埋著前人骨骸的草皮上面跑來跑去，開心得不得了；上班族挑個風景好的地方，鋪好野餐墊後，就圍坐著吃起午餐，喝著咖啡。不管男女老少，曬著日光浴，一副怡然自得的模樣，沒有任何不安或害怕，使得墓園休閒初體驗的我，也只好故作鎮定地跟著一起野餐。

而墓園裡的墓碑，可是很珍貴的文化資產，很多貴族或是有錢人，都會花心思設計獨特造型，來紀念逝去的亡者。每一個墓碑都精雕細琢，充滿美學的元素，整個墓園就彷彿是一場墓碑的裝置藝術，甚至還有主題觀光團，會安排前來欣賞墓碑藝術的行程，他們細細品味，把每個墓碑拍照留念，這是我們亞洲人很難想像的事，因為我們恐懼著死亡，所以在墓園或墓碑的設計上，都讓人有毛毛的感覺，反觀外國，因為孩子從小就體會生老病死是自然的過程，所以陶冶出來的生活美感，就會形成如此巨大的差距。

另外一件趣事是，我剛到國外時，朋友最常對我說的一句話就是：「不要對我吼叫！」、「你為什麼老是那麼憤怒！」我常要為自己解釋：「我真的沒有在生氣啊！」細究原因之後，原來是我們原住民的孩子，天生丹田就比較有力，而且我們住的地方，往往是隔著一座一座山的，

像媽媽要叫孩子們回家吃飯，一定是用喊的，聲勢往往驚天動地，我生長在這樣的環境耳濡目染，加上本來就是個大嗓門，所以說話的聲量常常嚇到朋友。

因為了解了這個原因，才觀察到在公共場合裡，外國人說話都是輕聲細語，不會大聲喧嘩，才不會去影響別人休息或周遭環境的安寧，所以我也試著去調整自己的音量，很像音響的調音鈕，只是我把自己轉得比較小聲一點。所以我現在說話不再那麼粗聲大氣，朋友們都覺得我變得比較溫柔了，光是說話的聲量，就可以影響別人的觀感，這有多麼重要啊！

而深深改變我的，是外國人對於時間掌握的觀念，我以前是個常常遲到的人，有一次和好友約好，要到另一個朋友家拜訪，我們約好七點抵達，但提早在六點五十五分到了，正當我要按門鈴時，我的好友阻止了我，我很納悶：「不都是熟人嗎？為什麼不能按？」以前在台灣去朋友家，提早到了就直接進去啊，好友淡淡的說：「萬一人家還沒有準備好呢？」

這一句話敲醒了我，我才驚悟，外國人就連五分鐘都考量得如此細心精密，這傳達了一種對人的尊重與體貼。從此不管是開會、演講或是與人有約，我改掉了遲到的壞毛病。準時代表的是，一種剛剛好的自我控制，不會太早也不會太晚，因為你在乎一個人，就要從在乎他的時間做起，而時間是一個人無價的財富，這是我在國外所學到最寶貴的功課之一。

做菜的魔法

/ 撫慰舌尖上的鄉愁 /

　　食物是慰藉心情的魔藥，也是加温人們情感的媒介，只要嘗到美食的那刻，不需要言語，每個人都會放鬆下來、暖和起來。不管是在台灣還是愛丁堡的家，我最喜歡的小天地，就是飄滿香氣的廚房了。我一直覺得，做菜是世界上最神奇的魔術，能將不同的材料重新組合，透過廚師的巧思與手藝，變化出一道道滋味豐富的料理。好好吃一頓飯，是一種生活的藝術，餐桌上的菜餚其實盛滿了愛的心意，是犒賞自己或親友最好的啦啦隊。

　　我從小就很愛吃，完全無法抵抗美食的誘惑，老是跟著媽媽在廚房裡轉來轉去，在每天耳濡目染下，我小學就可以拿起鍋鏟，為家人準備三餐。我的廚藝是老天爺訓練出來的，沒有特定食譜可以參考，因為在部落裡，沒有超級市場可以去買菜，我們是靠山吃飯、靠海吃魚的阿美族，山就是我們的菜市場，海就是我們的電冰箱，不管在山上採集到

什麼野菜，在河海裡捕撈到什麼魚，我們會依照當天手邊現有的食材，即興發揮做出一桌菜，簡單來說，就是現在頂級餐廳標榜的無菜單料理，完全結合季節時令與新鮮賞味的訴求，再加入創意的變化，就是我們從小到大的廚藝訓練。

來到英國之後，朋友常常帶我去海邊度假，我看著沿岸的礁石，長滿了鮮美顏色的海藻，一望無際，數量太多了，內心大受衝擊，我忍不住彎下腰讚嘆，朋友知道我的養分都來自大自然，以為我很認真在蒐集創作的素材，他們不知道，我們阿美族看到石頭上的海藻，第一個標準動作一定是彎腰採集，那可是人間美味啊！但可惜我人在異鄉，只能入境隨俗，嘆了一口氣，心裡想的是：「這裡簡直就是海藻吃到飽的海景餐廳啊，外國人都不吃真是太暴殄天物了！」每次總抱著一種入寶山空手而回的惆悵。

家鄉的食物，是最令所有遊子牽腸掛肚的記憶，尤其是我，對於媽媽的料理，有著很深的眷戀，透過嗅覺與味覺，透過熟悉的食物，通向回家的秘密幽徑，撫慰想家的鄉愁。我記得，我帶著媽媽在山上菜園種的、親手醃漬的雞心辣椒，那是阿美族傳統的辣椒醬，家家戶戶都有這麼家傳的一罐。它只用鹽巴、米酒，拌合青色、紅色的小辣椒，簡簡單單醃漬而成，在異國的餐桌上，這再平凡不過的醬料，卻成為我珍貴無比的寶物，我每次都只敢倒一些些，生怕吃完了，家鄉的味道就消失了。

在愛丁堡的家，打開窗就可以看見花園美麗的景致，在這樣純淨優美的環境下做菜，把陽光、微風與菜餚香氣一起攪拌，是一種極致的享受，熱愛下廚的我，於是進行了一次廚房大改造，不僅換成了我喜歡

/ 媽媽親手醃漬的雞心辣椒 /

的顏色，紫白相襯風格清爽，所有的擺設與動線調整後，讓我更能大展廚藝，畢竟廚房是廚師變魔術的殿堂嘛，我在這個小天地，做著各種食物的實驗，這是除了畫畫以外，我另一個十分投入的創作，我嘗試著中西混搭的各式料理，還會抽空到跳蚤市場，採買美麗的古董餐具，因為擺盤的藝術，能讓食物的色香味，有品味、有焦點的傳達，就算是吃飯，也要有態度，美就是這樣累積在生活的細節裡。

阿美族生性喜歡呼朋引伴，大方分享，來到國外還是一樣，我很愛邀請一堆朋友來家裡吃飯，因為在部落長大，我們的觀念就是吃飯要人多才熱鬧，前前後後已經算不清，到底接待了多少來自世界各地的好朋友，所以我的廚房非常有家庭餐館的味道，我很喜歡看大家一邊吃著

美食，品著好酒，一邊閒話家常，臉上洋溢開心滿足的表情，我也喜歡在廚房忙進忙出，那是一種付出的快樂，做菜很奇妙，能夠讓自己也讓別人都感覺幸福。

　　我每次的菜單都會變來變去，也學了不少拿手招牌菜，一鍋熱騰騰的蔬菜雞湯，一顆顆水煮馬鈴薯，一杯杯莓果優格，也許不比五星級餐廳，但每一道都是自己親手做出來的心意，這是真心誠意的款待，也是我打開自己的方式，歡迎你們來到我的家，一起消磨美好時光，吃飯是生命中最真實不過的時刻。在我心裡一直有個小小的夢想，也許有那麼一天，我會在海邊開家咖啡館，一邊創作、一邊做菜，帶給遠道來訪的客人，一趟視覺與味覺相互激盪的海角旅行。

國家圖書館出版品預行編目 (CIP) 資料

漂流木 Driftwood：旅英野生藝術家優席夫的流浪傳奇 / 優席夫著 . -- 初
版 . -- 新北市：智富，2016.11
　　面；　公分 . -- (風向；97)
　ISBN 978-986-93697-1-8(平裝)

855　　　　　　　　　　　　　　　　　　　　　105018214

風向 97
漂流木 Driftwood　旅英野生藝術家優席夫的流浪傳奇

作者　優席夫
主編　簡玉珊
文字協力　陳秀玟
內頁編排　邱小玲
封面設計　伍于美

出版　智富出版有限公司
地址　（231）新北市新店區民生路 19 號 5 樓
電話　（02）2218-3277
傳真　（02）2218-3239（訂書專線）　（02）2218-7539
劃撥帳號　19816716
戶名 智富出版有限公司　單次郵購總金額未滿 500 元（含），請加 50 元掛號費
世茂出版集團　www.coolbooks.com.tw
製版　辰皓國際出版製作有限公司
印刷　祥新印刷股份有限公司
初版　2016 年 11 月

I S B N　978-986-93697-1-8
定價　420 元

特別感謝：嚴長壽先生、温嵐小姐、黃韻玲小姐、胡德夫先生、梁文音小姐、江榮原
先生、黃仲崑先生同意授權使用本書中照片。